Rainer Kottke, Jahrgang 1969, lebt im Landkreis Leer in Ostfriesland. Er ist Inhaber eines kleinen Fachgeschäfts für Gitarren und Zubehör. DOLLART-FUCK.DE ist sein erstes Buch.

Rainer Kottke

DOLLART-FUCK.DE

Ostfriesland-Krimi

Bibliografische Information der Deutschen Nationalbibliothek:
Die Deutsche Nationalbibliothek verzeichnet diese Publikation in der Deutschen Nationalbibliografie; detaillierte bibliografische Daten sind im Internet über http://dnb.dnb.de abrufbar.

© 2016 Rainer Kottke

Umschlag-Cover: **tatlin.net** -
unter Verwendung eines Fotos von: Andreas Hundt
Korrektorat: Christiane Kathmann, www.lektorat-kathmann.de

Herstellung und Verlag: BoD – Books on Demand, Norderstedt

ISBN: 978-3-7412-2830-8

Wiedersehen macht keine Freude 7

Shotgun Blues im Göttberg 15

Stunk im Rückzugsgebiet... 23

Von null auf Mordfall 30

Kripo-Leute Fragensteller 43

Schweinchenstrand mit Hund 51

Vater, Tochter, Schneckenkuchen 63

Zur Hexenwerk & Fetisch Nacht............................... 69

Der Mörder muss gehen... 83

Blueskohls neue Bleibe 94

Verstörende Realitäten 105

Am Wochenende Regen 118

Auf Leben und Tod... 130

Get well soon... 151

Wiedersehen macht keine Freude

Über Nacht hatte der Wind aufgefrischt, den Wettfahrten würde das gut tun. Auf dem Weg zum Großen Meer betrachteten Michael und sein Vater mit prüfendem Kennerblick und gut gelaunt die zahlreichen Windmühlen rund um Riepe. An der Abfahrt verließen sie die A31. Die Mühlen gaben stets den ersten Aufschluss darüber, mit welchen Anforderungen die Segler es heute auf dem Wasser zu tun bekommen würden. An der Stellung der Rotoren und an deren Drehgeschwindigkeit ließen sich Windrichtung und Stärke recht gut abschätzen. Das war auch an diesem Morgen nicht schwierig, ein wenig Erfahrung und ein aufmerksames Auge reichten hierfür aus. *Nichts öder als eine Schwachwind-Regatta*, dachte Michael, während sie das vor Riepe gelegene Gewerbegebiet passierten.

Vorhergesagt war ostfriesisches »Häuptlingswetter«, brausender Wind, Wolkenfetzen, die sich rastlos zwischen den Horizonten aneinanderreihen, dazu aber auch reichlich Sonnenschein. Während ein herrlicher Tag am See also noch zum Greifen nah schien, sollten heute für eine Tote zwei Jahre geduldigen Wartens, halb versunken im Morast am Boden des Großen Meeres kaum achtzig Zentimeter unter der Wasseroberfläche, endlich zu Ende gehen.

Es war um kurz nach elf Uhr, als der Vorsitzende des Segelclubs nach eingehenden Beratungen Telefon und Anmeldebögen zur Hand nahm und die Regatta absagte. Da er nur noch die Hälfte der anreisenden Wassersportfreunde erreichen konnte, fanden sich am Vormittag die ersten Schaulustigen am Großen Meer ein. Am Ufer, von der Surfschule bis zu der etwa dreihundert Meter entfernten, mit bunten Langnese-Wimpeln umrahmten Terrasse des Meerwarthauses, reihten sich zunächst vornehmlich die Segler in kleinen Gruppen auf. Sie warteten neugierig, jedes neue Gerücht geschwätzig abwägend, darauf, dass sich die Ereignisse vor ihren Augen weiter entwickeln würden. Da sich die Nachricht von der Toten im See schnell herumsprach, strömten den ganzen Tag Gäste des Campingplatzes, weitere Urlauber und Einheimische aus den nahe gelegenen Dörfern, aus Bedekaspel, Wiegboldsbur und Forlitz-Blaukirchen, hinzu. Außerdem lavierten bald die Lokalredakteure der verschiedenen Tageszeitungen und ein Team des NDR geschäftig durchs Gelände und stellten Fragen, mangels Möglichkeiten oft Leuten, die tatsächlich wenig bis gar nichts zu sagen hatten.

Ab dem Mittag war es schließlich ein Kommen und Gehen. Die verhinderten Regatta-Segler fachten in den mitgebrachten Grills ihre Kohlen an, die im Wind knisterten und rasch durchglühten. Trotz der Leichenbergung, die am südlichen Ende der Nordhälfte des Großen Meers im Gange war, mangelte es nicht an Appetit und der würzige Geruch des Gegrillten gaukelte eine ungetrübte sommerliche Atmosphäre vor. Mit dem bloßen Auge gab es aus der Entfernung kaum etwas zu sehen, Ferngläser waren Mangelware und die Zoomaufnahmen der handlichen Urlaubsknipsen verpixelten zu unbrauchbar lausigen Fotos. Ein paar Jungs spielten mit einem Fußball Beachvolleyball. Einige Mädchen sonnten sich, kicherten und nippten an Coladosen. Sogar auf dem Wasser kam eine Weile Leben auf, als zwei Surfer ihr Können demonstrierten, was deren Begleiterin und die NDR-Leute vom Ufer aus filmten. Um vierzehn Uhr erreichte weitgehend unbemerkt der angeforderte Leichenwagen das Erholungsgebiet. Von Riepe aus kommend bog der Wagen bereits in die erste Zuwegung zum Großen Meer ein. Er streifte nur am Rande das Areal des Campingplatzes, holperte vorbei an der privaten Tordurchfahrt des Segelclubs und folgte dem von der Polizei am Morgen abgesperrten Feldweg entlang des Schöpfwerkkanals bis ans Wasser hinauf. Der Fahrer rauchte vor seinem Auto, denn es dauerte dann doch fast zwei Stunden noch, bis die Schlauchboote von Feuerwehr und Technischem Hilfsdienst an dieser weit abseitigen Grünfläche, die an allen anderen Tagen des Jahres den Urlaubern des Campingplatzes als Hundewiese diente, endlich anlegten. Nochmals zwei Stunden später, kurz nach achtzehn Uhr, war der Spuk vorüber. Am Großen Meer war wieder die relative Ruhe eingekehrt, deretwegen Liebhaber dort ihren Urlaub verbrachten. Die Tote lag in der Kühlung der Pathologie in Oldenburg. Auf dem Campingplatz stand bis zehn Uhr noch eine Open-Air-Disko für Kinder auf dem Programm. Aber danach würde wirklich wieder Stille herrschen.

Nicht nur die ehrenamtlichen Helfer litten in diesen Abendstunden an den Bildern in ihren Köpfen. Zwei Männer, die nicht an der Bergung der Leiche beteiligt gewesen waren, einer davon noch ein halber Junge, kämpften ebenso mit den verstörenden Achterbahnfahrten ihrer Gedanken. Zwar hatte keiner von diesen beiden geholfen, die zum Teil mit Algen bewachsene Leiche ins

Schlauchboot zu wuchten. Beide hatten das Entsetzen in den Gesichtern der Kollegen nicht miterlebt, das Entsetzen darüber, wie zerbrechlich der unter Schleim und Schlamm verborgene Frauenkörper gewesen war. Die Freiwilligen, die am Nachmittag in den Schlauchbooten und in der moorigen Brühe gewesen waren und befürchtet hatten, die Tote könne ihnen in zwei Stücke reißen, verbrachten die Nacht im Feuerwehrhaus von Forlitz-Blaukirchen. Mit dem Pastor tranken sie dort Bier und Korn. Doch auch diese beiden anderen Männer, einer davon der neunzehnjährige Michael, quälten sich mit ihren Horrorvorstellungen, die tonnenschwer auf ihnen lasteten, weil sie so real und gegenwärtig waren.

Michael, der schon am Morgen um kurz nach acht auf dem Wasser gewesen war, um noch vor Beginn der Wettfahrten zu trainieren, saß am Abend im Wohnzimmer seiner Großeltern. Im Fernsehen lief Fußball, der Ton aber war abgedreht. Während sein Opa sich eine Pfeife angesteckt hatte und entrückt, ein starres in grünes Licht getauchtes Gesicht, dem stummen Geschehen auf dem Flachbildschirm folgte, drängte seine Oma ihm ein neues Thema nach dem anderen auf. Sie war überzeugt, ein paar freundliche Gedanken, Ablenkung, das täte dem Jungen jetzt gut. Also fragte sie nach den kürzlich bestandenen Abiprüfungen, nach Lena, seiner Freundin, die am Montag aus den Staaten zurückkehren würde, nach der angestrebten Verwaltungslaufbahn. Oma fragte kreuz und quer, was ihr einfiel, nur bloß kein weiteres Wort mehr darüber verlieren, was da auf dem Wasser passiert war.

Michael hatte den Tag über von nichts anderem reden können. Er war zwanghaft tiefer und tiefer eingedrungen in alle möglichen und unmöglichen Facetten des von ihm Erlebten, um sich schließlich doch nur im Kreis zu drehen und am Anfang seiner Geschichte wieder neu zu beginnen. Nur dann unterbrochen, wenn bisweilen ein Wust an Nachrichten sein Handy erreichte, deren gemeinsames Thema auch nur die Tote im Großen Meer war.

Einige Kinder hatten sich an der Glastür die Nasen platt gedrückt. Darum war Michael am Mittag den Kripobeamten in ein Büro im ersten Stock der Tourist-Info gefolgt und hatte schon der Polizei jedes Detail mindestens gleich zweimal erzählt.

Er war rasch vertraut gewesen mit der kräftigen Brise. Seine Laser-Jolle flog über den See. Bei einer Wende hatte er es übertrieben oder hatte nicht aufgepasst, vielleicht auch einfach Pech gehabt. Bei einer solchen Geschwindigkeit war später oft nicht klar, warum es das Boot umgeworfen hatte. *Einen gekenterten Laser aufzurichten ist ja keine große Sache*, hatte Michael den Beamten dargelegt. Er war ins Wasser gefallen, auch das *kein Problem im Neoprenanzug*. Er hatte sich kurz orientieren müssen, wie die Jolle zu drehen war, damit ihr Bug beim Aufrichten des Bootes in Windrichtung lag. Das sei wichtig, da es sonst wieder neu kentere oder schlimmer noch, ohne den Segler an Bord wieder Fahrt aufnähme. Er war im hüfthohen Wasser um das flach auf dem See treibende Boot gestakt. Dabei hatte er mit mindestens einer Hand stets Kontakt zum Rumpf gehalten. In seinen Stiefeln war er bei jedem Schritt eine Hand breit eingesunken. Plötzlich, völlig unerwartet war er über einen großen kantigen Steinblock gestolpert. Ohne die Hand am Boot wäre er wohl vornüber gestürzt. Zwischen den Beinen hatte er eine Berührung gespürt und zunächst an einen Fisch gedacht. Erst eine Berührung an der Innenseite des rechten Oberschenkels, dann eine an der Innenseite links. Er hatte reflexartig hinuntergeblickt, aber die Wasseroberfläche mit dem welligen Spiegelbild des Himmels und seiner selbst nicht durchdringen können. Er hatte sich bis ganz dicht über die Oberfläche gebeugt und angestrengt ins Wasser gestarrt. Die Sichtweite mochte auf diese Weise rund zwanzig Zentimeter betragen haben, aber er hatte nichts erkennen können.

Da erneut, wieder die Berührung zwischen den Beinen. Er war ein wenig in die Knie gegangen und mit beiden Händen hatte er dann unter sich blind in der trüben Brühe gefischt, bis er ein längliches, glitschiges Etwas hatte fassen können. Er hatte es heraufgezogen, nur um dann umgehend mit einem spitzen Aufschrei rücklings ins Wasser zu fallen. Es war ein Arm gewesen. Wieder auf den Füßen war er sicherheitshalber einige Schritte zurückgewankt. Bloß weg von dem, was da im Wasser war. Die Jolle war inzwischen kaum noch einholbar davongetrieben. Ihm war übel geworden und kurz war er unschlüssig gewesen. Dann hatte er sich entschieden, das Boot aufzugeben. Er hatte sich umgedreht und war losgestampft durch den ihm plötzlich feindlich gesonnenen See, den weiten Weg der Länge nach durch den nördlichen Teils des Großen Meers, unverwandt die Einfahrt des Seglerhafens im Blick, wo allmählich das Leben erwachte.

Der andere Mann, der sich dem Horror seines Kopfkinos mittlerweile wehrlos ergeben hatte, vertraute seit Stunden schon, wie die Leute im Feuerwehrhaus, der betäubenden Kraft des Alkohols. Leider konnte er reichlich was vertragen und die ersehnte Wirkung hatte sich nur sehr zögerlich einstellen wollen. Ihm ging es an diesem Abend noch um einiges schlechter als Michael. Vor zwei Jahren hatte er das erste und einzige Mal in seinem Leben eine Leiche beseitigt. Mit wenig Erfolg, wie sich an diesem Tage bereits angedeutet hatte und sich definitiv am Mittwoch bestätigen würde, wenn in einer Pressekonferenz in Aurich bekannt gegeben würde, dass die Identität der Toten vom Großen Meer unter anderem mittels DNS-Nachweis zweifelsfrei festgestellt sei.

Das Telefon im Haus dieses Mannes klingelte gegen zehn. Er hatte wenig an der Einrichtung geändert, seitdem er die Ferienunterkunft aus den Siebzigerjahren von seinen Eltern geerbt und dauerhaft bezogen hatte. Mobiliar und Dekoration waren altmodisch und vernachlässigt, das Telefon schnurgebunden. Es war ein sogenanntes Nurdachhaus, wie sie in größerer Zahl nach ein und demselben Bauplan in der Siedlung entstanden waren. In den Häusern dieser Zeit herrschte ein rustikaler Stil vor mit holzvertäfelten Schrägen und offenen Balken. Bis auf das abgetrennte Bad gab es keine Innenwände. Zwei Raumteiler aus Kiefernholz, mit verstaubten Büchern und maritimem Schnickschnack bestückt, teilten das Parterre in Eingangsbereich, großen Wohnraum und Küche. In der Mitte des Hauses führte eine steile Holztreppe hinauf zu den Betten unter dem Dach. Als Kind hatte er hier glückliche Tage erlebt.

»Ja?«

»Buchinsky, du Arschloch, bist du das?«

»Ja?«, lallte Buchinsky schwer betrunken.

»Was lese ich auf der NDR-Webseite bloß für eine Scheiße?«, brüllte der Anrufer durch das Telefon.

Der üble Tonfall erreichte Buchinsky trotz des aggressiven Brüllens am anderen Ende der Leitung durch seinen Rausch nur wie aus weiter Ferne. Er legte darum auf und zog den Stecker des Telefons.

Mit einer Mistgabel hatte er auf die verschnürte Rolle mit der Frau eingestochen. Zwei beschissene Jahre lag das zurück. Er hatte sie versenkt. Hatte sie dazu eingewickelt in eine dünne Stoffbahn und mit Spanngurten an den Betonfuß eines Baustellenschilds gebunden, den er unterwegs in sein Auto geladen hatte. Trotz dieser beachtlichen Beschwerung war sie nach einigen Tagen wieder aufgetaucht. Früh am Morgen hatte er sie auf dem Wasser treibend mit seinem Sternenteleskop durchs Fenster ausgemacht. Mit dem Teleskop, das ein Weihnachtsgeschenk seiner Eltern und ihm seit seiner Kindheit und bis zu diesem Tage heilig gewesen war. Er war im Nieselregen panisch hinaus gerudert und hatte auf die Leiche eingestochen, so lange, bis die zurück auf den Boden des Sees gesunken war. Dort auf dem Wasser hatte er den Tiefpunkt seines Lebens durchgemacht, mit der größten Scheißangst, jemand könne ihn dort im Boot kniend mit seiner Forke sehen. Aber niemand hatte etwas beobachtet.

Wochen später hielt er das Teleskop nicht mehr aus. Sein Hals hatte sich zugeschnürt, so dass er um Luft rang, und sein Gang war taumelnd gewesen, die wenigen Male, die er noch das Haus für die dringendsten Arbeiten und Besorgungen verlassen hatte. Jeden Tag hatte er hundertfach und Stunde um Stunde die Wasseroberfläche abgesucht. Schließlich hatte er das Fernrohr ins Auto geladen und es in einem verlassenen Hammrich in einem tiefen Schlot entsorgt.

Shotgun Blues im Göttberg

Als der Disput zwischen Mitarbeiterin und Kundin eskalierte, kam Jo Lightnin' Hopkins »Bring me my shotgun« in den Sinn.
Mit 7000 Quadratmetern war das Göttberg das größte Modehaus Ostfrieslands. Die etwa sechzigjährige Verkäuferin hatte Jo einmal ein Pfefferminz angeboten. Er war ihr im Fahrstuhl mit einer beachtlichen Knoblauchfahne aufgefallen.
»Knoblauch ist tabu, wenn Sie hier arbeiten wollen, Herr Buskohl«, hatte sie ihm erklärt. Auf dem Anstecker an ihrer Brust hatte er ihren Namen gelesen, ihn inzwischen aber wieder vergessen.
Jo war noch keine zwei Monate als Kaufhausdetektiv im Göttberg tätig. Die zwanzig Wochenstunden in Hundertmarks Modeimperium waren zur rechten Zeit gekommen. Sie waren der Ausweg gewesen, der den Existenzgründer davor bewahrt hatte, einen neuen Termin im Jobcenter vereinbaren zu müssen oder erneut gestresste Teenager zu unterrichten, die täglich vier Stunden Handy, aber maximal fünfzehn Minuten Gitarre spielen wollten.
Go, bring me my shotgun - Man, and a pocket full of shells –
Yes, go bring me my shotgun.
Die wesentlich jüngere Kundin warf der Verkäuferin ein zerknülltes Unterwäscheteil vor die Füße und

schimpfte beim Davonstolzieren unnachgiebig weiter. Die Kollegin begann laut zu weinen und verschwand in einer Umkleidekabine.

Was mache ich hier bloß, fragte er sich.

Jonas Buskohl war zweiunddreißig Jahre alt, großgewachsen und durchschnittlich trainiert. Er hatte ein stoppelbärtiges, freundliches Charaktergesicht. Noch war seine Stirn unter dem dunklen Haar breiter als hoch, aber die ausgeprägten Geheimratsecken an den Schläfen deuteten in eine weniger haarige Zukunft. Außer neuerdings Kaufhausdetektiv war Jo Gitarrist und Sänger der Jonas Buskohl Band. Vor einem Jahr hatten sie einen Vertrag bei einem kleinen aber professionellen Label unterschrieben. Die Band tourte mit ihrem Texas Blues durch die norddeutsche Tiefebene, spielte aber auch in den benachbarten Niederlanden regelmäßige Gigs.

Nachdem Jo seinerzeit die Schule verlassen hatte, mit schwarzem Fedora-Filzhut, Sonnenbrille und dem in der Abi-Zeitung verewigten Spitznamen »Jo Blueskohl«, hatte er ein paar Jahre dieses und jenes gemacht. Er hatte gegärtnert, gezapft und entrümpelt, hatte Neuwagen in Schiffe verladen und Pizzen über die Dörfer ausgefahren und immer hatte er Gitarre gespielt. Eines Tages war seine Betreuerin im Jobcenter der Meinung gewesen, dass Schluss sein musste mit dem Jobben. Ein Widerspruch, wie er schon damals fand. Er hatte daraufhin eine Ausbildung zur Fachkraft für Schutz und Sicherheit gemacht und war einige Jahre als Begleiter in einem Geldtransporter gefahren. Auch den Objektschutz hatte er kennenlernen müssen. Im Frühjahr hatte er schließlich frustriert gekündigt und ein Büro für Ermittlungen und Detektiv-Dienstleistungen aller Art eröffnet. Genauer gesagt, mit dem ordentlich bezahlten Auftrag im Göttberg, war er nun zumindest auf der Suche nach einem Büro.

»Hey Jo! Dessous nicht wieder vor Sonntag! Das war doch geklärt zwischen uns beiden, unmissverständlich, nicht wahr?« Hundertmark spielte den Geschafften, als er die letzten Meter den Gang zwischen Büstenhaltern in Pastellfarben mit betont schlurfenden Schritten heraufkam. Es war eine kleine komödiantische Einlage, wie sie der Chef gern mal darbot.

Jo kannte den schwergewichtigen Kaufhauspatron schon seit seiner Kindheit. Trotzdem, oder gerade deshalb, hatte er sich in die neue Konstellation noch nicht hineingefunden. Einerseits war das Modehaus Kunde seiner Detektei, andererseits aber beanspruchte Hundertmark die Autorität eines quasi Vorgesetzten, der schnaufte, als er nun vor ihm stand.

Trotz der Kurzatmigkeit seines Gegenübers war Jo überzeugt, dass Walter Hundertmark, Geschäftsführer des Leeraner Modehauses Göttberg, der besten Adresse am Ort, wie er unermüdlich betonte, bis ans Sterbebett mit Vehemenz bestritten hätte, er, Hundertmark, könne auch nur ansatzweise einen wahrhaftig abgekämpften Eindruck erwecken. Vielmehr war »Gas geben, hundert Mark sind nicht genug« eine der unzähligen und teils legendären Floskeln des Chefs. Es gab vermutlich keinen Angestellten im Göttberg, der nicht von den Vorträgen solcher Mantras hätte berichten können. Tagsüber nahm man das mit Humor, doch am Morgen vor Kundeneinlass oder auch nach Geschäftsschluss war dieser Spleen des Chefs häufig nur schwer zu ertragen. Immerhin war »Hundert Mark sind nicht genug« wenigstens ein, wenn auch diskussionswürdiger Lebensansatz. Selbst eine ganz sicher nicht beabsichtigt mitschwingende Konsumkritik konnte man hineininterpretieren. Insofern hatte der

Ausspruch einen gewissen philosophischen Charme. Hundertmarks neue Lieblingsfloskel seit der Eröffnung eines Bistros im dritten Stock «Mit Hundertmark satt werden und schön shoppen» bildete dagegen den flauen Gegenpol der dem Geschäftsführer eigenen Kaufhauspoesie. Kurzum, lautes Hereinpoltern und keineswegs leises Anschleichen war eigentlich der Normalfall, wenn der Chef in den verschiedenen Abteilungen seines Modereichs auftrat, aber auch allgemein in dessen Leben.

Es war also kein Wunder, dass Jo überrascht zusammenfuhr, als die ermahnenden Worte Hundertmarks ihn aus der wohligen Lethargie rissen, in die er offenbar besonders in der seidigen Spitzen-Abteilung des Göttberg zuverlässig zu versinken vermochte.

Jo prüfte seine Optionen. Sich dumm stellen? Klein beigeben oder kontern? Er entschied sich für den Gegenangriff, denn tatsächlich war es ja nicht von der Hand zu weisen. Der Schwund teurer Marken-Lingerie im Göttberg war beachtlich. Hundertmark selbst hatte ihm dies bei seiner Einweisung im Haus vorgetragen. Sein regelmäßiger Spähposten inmitten der Dessous konnte also nur als folgerichtig betrachtet werden. Wenn auch Jeans und Kosmetika ebenso häufig das Kaufhaus ohne Bezahlung verließen, so hieß das nicht zwangsläufig, dass in der Beliebtheitsskala des diebischen Kundenstamms die exklusive Unterwäsche nicht doch ganz vorn lag. Das sinnliche Beschaffungserlebnis war schließlich kein Privileg, das allein dem ehrlichen Kunden Freude bereitete. Zudem stand hier das fachgerechte Ermessen des Ermittlers im Mittelpunkt der Diskussion. Sein, Jonas Buskohls, Urteil, wo das geschulte Auge des Detektivs am dringendsten einzusetzen sei.

Sich die Argumente halbwegs brauchbar so zurechtgelegt, holte Jo gerade zur Widerrede Luft, als Hundertmark bereits fortfuhr. »Du denkst doch an Sonntag, Jo?«

Hundertmarks Blick hatte sich schon wieder aufgehellt. Für Jos Empfinden rückte ihm der Kaufhauschef gerade bedeutend zu dicht auf die Pelle. Jo trat einen Schritt zurück.

»Wieso jetzt Sonntag? Am Sonntag habe ich Probe. Wieso überhaupt schon wieder Sonntag arbeiten?«

»Vierter Bauern- und Sommermarkt, mein junger Detektiv. Bauern- und Sommermarkt!«

Hundertmark kam gedanklich in Fahrt. Er musterte Jo, zum wiederholten Male in den letzten Wochen und mit immer derselben Überlegung. Viel lieber hätte er ihn, obwohl Jo über dreißig war, als Auszubildenden im Göttberg willkommen geheißen. Er hätte den Beruf von der Pike auf lernen und dann als Fachberater weiter arbeiten können. Wenn es ordentlich gelaufen wäre, ja dann, auch der Posten des Abteilungsleiters in der Herrenausstattung wäre nicht unerreichbar gewesen. Aber nein, stattdessen hatte Jo allen Ernstes ein Detektivbüro eröffnen müssen. In der schönen und modebewussten, aber trotz allem doch herrlich tiefen Provinz ein Detektivbüro eröffnen? Ein Humbug sondergleichen! Allein dank seines Wohlwollens konnte Jo immerhin als Kaufhausdetektiv auf Honorarbasis im Göttberg arbeiten. Die Wahrheit war, das erlesene Publikum des Hauses gab nur sehr bedingt Anlass zur Schaffung einer solchen Funktion.

Hundertmark hatte mit Jos Vater beim TV Leer viele Jahre auf nationalem Niveau Prellball gespielt. Sie waren beste Freunde gewesen, bis Didi Buskohl mit dem Motorrad verunglückt und einige Monate später verstorben war. Jo war damals sieben Jahre alt gewesen, eben erst in die Schule gekommen. Mittlerweile war Hundertmarks Engagement aber mehr als nur eine alte Verpflichtung dem toten Jugendfreund gegenüber. Nach all den Jahren hegte er große Sympathien für Jo. Hätte sich der junge Mann um Hundertmarks eigensinnige Tochter Constanze bemüht, der Vater wäre nicht eine Sekunde abgeneigt gewesen, ihn als Schwiegersohn herzlich auch im Kreis der Familie aufzunehmen. Dazu dann noch die Karriere im Göttberg!

Hundertmark bemerkte, dass ihm beim Tagträumen der Gesprächsfaden abhandenzukommen drohte und besann sich. »Unsere verkaufsoffenen Sonntage sind Umsatzfeuerwerke, verstehst du, Jo? Auch dein Einkommen hängt da mit dran, wenn die Kassen klingeln. Der Sommer- und Bauernmarkt ist doch ein super E-vent! Nicht wahr? Dies Jahr haben wir sogar Live-Musik, extra nur für dich mein Junge!«

Jo erinnerte sich vage daran, am Morgen unten an einer Scheibe der großen Eingangsdrehtür das Plakat eines Gurkentrupps in Sack und Lumpen mit Drehleier und Fiedel gesehen zu haben, der offenbar am Sonntag vorm Göttberg auftreten sollte.

»Sonntags, Sommer, Bauernmarkt. Walter, da sind die Leute doch redlich! Da wird doch nichts geklaut. Vielleicht mal eine verbotene Frucht am Apfelstand? Vielleicht mal, ja, ich weiß auch nicht was. Das ist doch nicht wirklich nötig, oder? Ich meine ja«, versuchte Jo, der sich seiner aussichtslosen Lage durchaus bewusst war, eine letzte Ausflucht, die jedoch drohte, leicht konfus zu geraten.

Nötig wäre es also nicht gewesen, dennoch, Hundertmark wurde nun überaus deutlich und schnitt ihm wirsch das Wort ab. »Jo, du hast mich letzten Monat um 6000 Euro gebeten für deine kleine Konzerttournee. By the way, du spielst vor Tausenden von Menschen und musst dafür noch bezahlen? Ist euer Manager wirklich so ein Talent? Aber egal, wie auch immer, du hast das Geld von mir bekommen.«

Das konnte Jo so nicht im Raum stehen lassen. Er unterbrach, »was denkst du denn, wie viel man mit Blues in Deutschland verdienen kann? Wir verdienen fast nur mit unseren Auftritten, vorzugsweise, wenn öffentliche Gelder im Spiel sind. Dann auch mal ganz ordentlich. Aber jede Schlagertrude verkauft mehr CDs als wir. Das hier ist die Chance, deutschlandweit bekannter zu werden, und außerdem die Gelegenheit, unsere Band-Biografie um einen auch international bemerkenswerten Eintrag zu erweitern.«

»Hör zu, Jo, du hast das Geld von mir bekommen. Du brauchst dich nicht zu rechtfertigen. Nur - ich weiß nicht, sehe ich das Geld denn überhaupt irgendwann wieder? Was ich aber ganz genau weiß, ist, dass du am Sonntagmittag hier im Göttberg bist! Du hilfst beim Aufmachen, du machst deine Runden und hilfst auch wieder bei Kasse und Zusperren.«

»Manchmal bist du echt arschig, Walter!«

Die chinesische Tanznummer des Alibaba-Smartphones in Jos Hemdtasche unterbrach Hundertmarks, wie der selber fand, gelungene Darstellungskunst in der Rolle des strengen väterlichen Freunds. Jo starrte mit leicht verdattertem Blick aufs Display. *Ein Hundertmark ist nicht genug*, dachte Jo und konnte sich ein Grinsen nicht verkneifen. Es war Constanze Hundertmark, deren Eintrag »Conny« er auf dem Gerät in seiner Hand las.

»Geh doch endlich ran«, maulte ihr Vater ihn an.

»Ach nö, ich ruf da gleich zurück, der soll mal schön auf die Mailbox quatschen«, antwortete Jo und steckte das Handy so zurück in die Brusttasche, dass der Name auf dem Display verborgen blieb.

»Ich hoffe mal, wir können unsere Bandprobe auf den Abend schieben. Ginge dann okay mit Sonntag. Aber hör mal, Walter, das ist doch schon angekommen bei dir, dass unsere Konzerte mit Tedeschi Trucks der absolute Höhepunkt meiner Musikerlaufbahn sind? Das ist eine Top-Band in den USA und weltweit. Und hier in Deutschland als deren Support-Act spielen zu dürfen, das ist ein Traum, verstehst du? Du machst doch jeden Sommer in Italien Urlaub. Hast du sicher schon mal gehört den Spruch, ›Neapel sehen und sterben!‹ So eine Qualität Traum ist das für mich!«

»Jo, hör auf. Du hast das Geld ja schon«, murrte Hundertmark, den 6000 Euro nicht sehr schmerzten, der auch keine bösen Absichten verfolgte, aber der in dieser Sache dennoch ein kleines bisschen auch die günstige Gelegenheit sah, vielleicht demnächst doch einen neuen hoffnungsvollen Mitarbeiter für sein Modehaus zu gewinnen. Er musste dabei an den Begriff aus der Seemannssprache »Schanghaien« denken, was seine Stimmung weiter hob.

»Ich muss zurück ins Büro. Und du bewegst dich jetzt bitte umgehend in die Parfümerie. Hier bei den Dessous will ich dich bis mindestens Sonntag nicht mehr sehen. Sonst halten die Kundinnen dich bald für, ich weiß auch nicht was«, Hundertmark überlegte kurz, »oder flirtest du hier etwa herum?« Ohne Jos Antwort abzuwarten, drehte er sich um und eilte leise eine Melodie pfeifend davon.

»In der Parfümerie sind um diese Uhrzeit doch nur gackernde Teenies!«, rief Jo dem Chef hinterher. Er glaubte zwischen den Tönen der Melodie noch ein gemurmeltes »Eben!« zu hören, war sich aber nicht sicher.

Stunk im Rückzugsgebiet

Markus Waultmann störten weder die schlechte Fahrbahndecke noch die Geschwindigkeitsbegrenzung. Der GL 350 BlueTEC schwebte mit hundertvierzig Kilometern die Stunde, nahezu geräuschlos im Wageninnern, über die Autobahn Richtung Norden. Den Weg zum Großen Meer schaffte Waultmann erfahrungsgemäß in zweieinhalb Stunden. Über die Freisprecheinrichtung hatte er, seit sie Hannover verlassen hatten, mit seiner Büroleiterin, einigen Kunden und einem Vertreter aus dem Wirtschaftsdezernat telefoniert. Es fiel ihm jedes Mal schwerer, die Verantwortung für sein Unternehmen »M. W. Personaldienstleistungen« während des Urlaubs in andere Hände zu legen. Wenn sie in Ostfriesland waren, konnte er zur Not nach Hannover zurückkehren, etwa um an einem Meeting teilzunehmen. Im Winter dagegen, wenn sie im Anschluss an die Feiertage nach Mexiko in den Beach Club flogen, wurde er seines Unbehagens kaum Herr. Ohne das Laptop bewegte er sich auf der Ferienanlage bestenfalls noch zum Buffet. Das ging jeden Urlaub ein paar Tage so, bis Sonne und Tequila mit vereinten Kräften den Schalter in seinem Kopf endlich auf Entspannung umlegten.

»Dieser Scheiß-Mercedes hat über zwei Kubikmeter Stauraum! Wolltest du das komplett vollmachen?«, blaffte Waultmann seine Frau unvermittelt an. Das letzte

Telefonat, mit dem Mann aus dem Rathaus war nicht nach seinem Geschmack verlaufen. Waultmanns Frau Renate sah aus ihrer Illustrierten auf. Es waren die ersten Worte, die er nach fast einer Dreiviertelstunde Telefonieren an sie richtete. Sie blickte einige Sekunden lang geradeaus. Für ein Wochenende zur Ferienzeit erschien ihr der Verkehr auf der Autobahn nicht besonders dicht. Das Licht blendete und sie richtete ihr Augenmerk darum zurück auf den Artikel, bei dem ihr Mann sie unterbrochen hatte. Eine Erwiderung blieb sie ihm schuldig.

»Drecksau«, murmelte Waultmann, als ein weißer BMW noch kurz vor Beginn eines einspurigen Baustellenabschnitts an ihm vorbeizog. Der jugendliche Fahrer grinste zu ihm rüber.

Hinten im Wagen klirrten die Weinflaschen, als der Fahrbahnbelag wechselte und sie eine auch für Waultmanns Nobelkarosse beachtliche Bodenwelle überfuhren.

»Wie viele Kartons hast du dies Jahr eingeladen?«, formulierte Renate plötzlich eine Gegenfrage.

»Fünf«, antwortete er trocken.

»Und Tüten mit Grillkohle?«, legte sie in einem schnippischen Ton nach, ohne dabei aus ihrer Zeitschrift aufzuschauen.

»Das sind Buchenholz-Grillis!«, schnauzte er zurück.

Wenn sie gemeinsam unterwegs waren, lief das Radio nie. Nach dem kleinen Scharmützel herrschte deshalb wieder Funkstille. Waultmann fiel auch niemand ein, den er noch hätte anrufen und instruieren können.

Er dachte nach. Mit einem kurzen Stopp, um sich beim Markant-Markt mit den noch fehlenden Vorräten fürs Wochenende einzudecken, sollten sie spätestens gegen vierzehn Uhr das Ferienhaus erreichen. Er überlegte kurz, ob er den Tempomaten rausnehmen sollte, um dem BMW zu folgen, entschied sich aber doch dagegen. Stattdessen griff er nach dem Thermobecher aus Edelstahl und nahm einen Schluck Kaffee.

Der Fund der Leiche im Großen Meer lag drei Wochen zurück. Seitdem war zwar nichts weiter passiert, aber trotzdem war seine Wut noch lange nicht verraucht.

An diesem Sonnabend hatte Buchinsky fünf Abreisen und acht Anreisen. Er nahm Wohnungen ab, nahm Schlüssel entgegen, verabschiedete Gäste, beaufsichtigte und bezahlte Reinigungskräfte, empfing Gäste und händigte Schlüssel wieder neu aus. Am frühen Nachmittag waren vier der acht Neuzugänge angekommen. Einer der Gäste, auf die er noch wartete, als er am Tresen seiner kleine Küche spät zu Mittag aß, war Markus Waultmann. Waultmann war Eigentümer, hatte deswegen seinen eigenen Schlüssel, so dass Buchinsky die berechtigte Hoffnung hegte, die unvermeidliche Aussprache mit dem jähzornigen Unternehmer wenigstens noch bis auf den nächsten Tag verschieben zu können. Am Morgen hatte er in Waultmanns Ferienhaus nach dem Rechten gesehen, die Fenster auf Kipp gestellt, die Kühlschranktür geschlossen und den Stecker wie auch die Stecker einiger anderer Geräte eingestöpselt.

Buchinsky lebte seit 2009 als einer von wenigen Hausbesitzern ganzjährig am Großen Meer im Südbrookmerland. Er hatte hier ein neues Leben begonnen und kümmerte sich inzwischen um vierundzwanzig ihm anvertraute Ferienhäuser. Aus einer anfänglichen nachbarschaftlichen Gefälligkeit hatte sich binnen Kurzem ein zumindest im Sommer halbwegs auskömmliches Geschäft entwickelt. Er bot die Mietunterkünfte im Internet an und war vor Ort rund um die Uhr zur Stelle, wenn Gäste Probleme hatten oder es umgekehrt Probleme mit Gästen gab.

Ostfriesland, das Große Meer und er, Buchinsky, das hatte von Anfang an gepasst. Er war nicht der Typ Mensch, dem das Schmieden ausgefeilter Pläne in den Schoß fiel. Es entsprach auch nicht seiner Lebenserfahrung. Zu oft hatte er beobachten können, dass sorgfältig ausgetüfteltes Vorgehen keineswegs die Zukunft wundersam zu verbessern imstande war. Buchinskys bemerkenswertes Talent zeigte sich vielmehr immer dann, wenn es um das schnelle Erkennen und spontane Beim-Schopf-Packen von Gelegenheiten ging.

So hatte er eines Tages auch beherzt die Ärmel aufgekrempelt, als sich ihm die Chance geboten hatte, für 600.000 Euro fünfzig gebrauchte Industrieroboter in die Ukraine zu verkaufen. Dies zu einem Zeitpunkt, als er noch nicht einmal ein Fahrrad hatte sein Eigen nennen können. Auf Fotos und technische Beschreibungen solcher Produktionsmaschinen war er bei eBay gestoßen. Als die Ukrainer zu einer Besichtigung angereist waren, hatte er sich bei einer Autovermietung ein repräsentatives Fahrzeug geliehen und war kurzerhand mit den Firmenvertretern und dem sie begleitenden deutschen Wirtschaftsberater zu eben jenem eBay-Anbieter gefahren, von dem die Bilder stammten und der an diesem Tag auch nicht schaltete, was da eigentlich vor sich ging. Immerhin eine Anzahlung von 100.000 Euro hatte er kurz darauf im Sack gehabt. Der Erfolg seiner Unternehmung war ihm da längst unheimlich geworden. Dann aber war der Schwindel doch aufgeflogen. Wenige Wochen später hatte ihn, weil ihm sein Leben lieb war, die unangenehme Aussicht auf ein Studium russischer Inkasso-Verfahren am eigenen Leibe veranlasst, kurzerhand nach Ostfriesland ans Große Meer ins Ferienhaus seiner Eltern zu türmen. Von dem Geld zehrte er seitdem.

Am Abend, kurz nach acht, standen Waultmann und Renate schließlich vor Buchinskys Tür, jeder mit einer Flasche Wein in der Hand.

»Buchinsky, mein Bester, alles klar bei dir? Geht's gut?« Waultmann reichte ihm die Hand zu einem festen Händedruck und strahlte überschwänglich mit den falschen weißen Zähnen.

»Schön dich zu sehen«, sagte Renate mit etwas beschlagener Stimme.

Buchinsky zog in Betracht, sich möglicherweise übertrieben gesorgt zu haben. Konnte das künstliche Lächeln Waultmanns vielleicht doch Freundlichkeit und nicht nur ein Teil der Fassade eines Irren sein? Die Form der Begrüßung war angesichts dessen, was sie zu besprechen hatten, auf jeden Fall befremdlich.

»Gehen wir doch rein«, schlug Waultmann einen Moment später selber vor, da Buchinsky immer noch zögerte und nicht den Eindruck erweckte, dass er das lebhafte Hallo seiner Gäste erwidern würde. Waultmann klopfte ihm auf die Schulter und drängte sich an ihm vorbei durch die Haustür. Buchinsky drehte sich um und folgte. Hinter ihnen ließ Renate die Tür vorsichtig ins Schloss fallen.

Waultmann stellte seine Weinflasche auf dem Couchtisch ab.

Unbeholfen machte Buchinsky endlich den Mund auf. »Wie war die Fahrt?«

Es war ihm tatsächlich gelungen, sich einen Rest Hoffnung zu bewahren, dass ihr Wiedersehen doch nicht eskalieren würde. Die Faust kam daher zu diesem frühen Stand der Diskussion für ihn völlig überraschend. Hart und knackig traf sie in sein Gesicht. Obwohl Markus

Waultmann nicht groß war, eine eher drahtige Statur besaß und zwanzig Jahre älter war als Buchinsky, hatte er den Kampf schon gewonnen. Nach einem Stoß mit dem Knie ging Buchinsky zu Boden.

Waultmann schrie. »Du dummer Wichser! Was bist du eigentlich für ein blöder Idiot?«

Ein Tritt in den Unterleib streckte Buchinsky endgültig lang nieder. Blut lief aus seinem Gesicht auf den gefliesten Boden.

»Wieso hast du das Mädchen hierhergebracht? Bist du völlig verblödet?«

Waultmann wollte eben wieder zutreten, als Renate mit beiden Händen nach seinem Arm griff, um ihren Ehemann von dem am Boden liegenden Mann fortzuziehen. Waultmann stieß mit einem Ellenbogen nach hinten aus, traf seine Frau gegen den Hals, worauf sie mit einem Aufschrei von ihm abließ. Dann folgte ein Fußtritt in Buchinskys Gesicht. Der hatte bisher keinen Ton von sich gegeben, fing daraufhin aber zu winseln an.

Trotz der brutalen Schmerzen erinnerte sich Buchinsky in diesem Moment sehr genau, warum er die Tote im Großen Meer versenkt hatte. Zunächst einmal, weil Waultmann am Schweinchenstrand durchgedreht war und die Frau, statt sie zu vögeln, umgebracht hatte. Dann, weil Waultmann wie im Rausch etwas von Sperma, DNA-Spuren, Fingernägeln und ähnlichem kriminalistischen Zeug gefaselt hatte. Außerdem, weil Waultmann ihm fünftausend Euro dafür angeboten hatte, weil Renate zusammengebrochen war und wie ein Schlosshund geheult hatte und schlussendlich, weil er damals wie heute über keine Ortskenntnisse an Dollart und Küste verfügte.

Buchinsky hielt die Augen geschlossen, sein Herz raste, er hörte Waultmanns Schritte durch den Raum, das

Öffnen mehrerer Schubladen, das Herumkramen, zuletzt ganz deutlich in der Besteckschublade.

Als Buchinsky sich überwand und vom Boden heraufäugte, sah er nur verschwommen. Waultmann stand über ihm und begann, eine der mitgebrachten Weinflaschen zu entkorken.

»Renate, lass uns ein Glas Wein trinken«, schlug Waultmann vor, »sieh doch bitte mal nach, ob unser Gastgeber irgendwo ein paar ordentliche Gläser hat.«

Waultmann dimmte das Licht und machte es sich auf der Couch bequem.

»Los, geh ins Bad, Buchinsky, und wisch dir dein Gesicht ab. Danach unterhalten wir uns weiter.«

Renate hatte inzwischen drei Gläser gebracht und eine hölzerne Schale mit Kartoffelchips gefüllt. Sie zündete sich eine Zigarette an und beugte sich zu Buchinsky hinunter.

»Komm schon. Das geht vorbei.«

»Ich versteh einfach nicht, wie jemand so ein Depp sein kann«, grummelte Waultmann vom Sofa aus und griff nach den Kartoffelchips.

Von null auf Mordfall

David die Herzen, Goliath die Kohle, dachte Jo, als er das Göttberg verließ und die am Abend nicht mehr sehr lebhafte Fußgängerzone überquerte. Sympathien füllen keinen Kühlschrank, hatte Constanze das einmal beschrieben. Die Eröffnung ihres Ladens »Best Look – Second Hand« war damals ein paar Wochen Stadtgespräch gewesen. Eine Nachricht, über die auch ein Redakteur der Ostfriesen-Zeitung ausführlich und amüsiert geschrieben hatte. Walter Hundertmarks Tochter eröffnet nach Abschluss ihres Betriebswirtschaftsstudiums in Leers Fußgängerzone schräg gegenüber vom Göttberg ein Geschäft mit Gebrauchtklamotten. Ja, die Sympathien waren ihr zugeflogen, aber eingekauft wurde weiterhin im Göttberg, und wer sich die Mode dort nicht leisten konnte, kaufte das Outfit beim Discounter.

Jo öffnete die Eingangstür. Der elektronische Türgong meldete ihn zuverlässig an. Er trat ein. Hinter ihm fiel die Tür wieder zu und augenblicklich wurde er Teil des Göttberg-Paralleluniversums. Constanzes Verkaufsraum war nicht groß. Statt breiter Gänge wurde hier jeder Zentimeter Platz zur Warenpräsentation benötigt. Eine verspiegelte Seitenwand betrog geschickt das Auge. Es roch hier nicht nach Bodenbelag und Chemie wie im Göttberg, es roch hier nach Leben.

Der Laden erschien ihm zunächst verwaist, doch er täuschte sich.

»Bin gleich so weit, Moment noch«, drang eine gedämpfte Stimme unter dem Verkaufstresen hervor. »Das doofe Kartenterminal hat schon wieder kein Netz.«

»Ich bin's, Jo«. Er hatte die Stimme sofort erkannt.

»Hey, du bist schon da? Klasse!« Hinter dem Tresen tauchte Constanze mit ihrem gefährlich einnehmenden Lächeln auf. Sie freute sich, Jo zu sehen.

»Ich sollte dich mal einkleiden, so sieht doch kein Privatdetektiv aus«, frotzelte sie zur Begrüßung und checkte ihn gespielt über den Rand ihrer Brille ab. Jo hatte seine übliche Straßenkleidung an, Sneakers, Bluejeans und graues Hemd. Das Haar auf eine freche Jungenweise ungekämmt.

»Das mit dem Einkleiden hat dein Vater auch schon versucht«, lachte Jo. »Gibt's also doch so 'n paar Gemeinsamkeiten bei euch?«

»Ja, schon möglich! Hast du eigentlich den alten Blues-Brothers-Hut noch? Bestimmt finde ich irgendwo das passende schwarze Sakko.«

»Nee, nicht nötig, das lass man sein, dem Alter bin ich doch überwiegend entwachsen«, antwortete Jo, der sich im selben Moment dabei ertappte, dass er den Blick trotz seiner Worte interessiert über die Warenständer und die an der Wand hängenden Stücke schweifen ließ.

»Ich suche aber noch nach dem ultimativen Bühnenoutfit!« *Eine gelungene Überleitung*, dachte Jo, aber Constanze ließ den Ball links liegen. Sie erkundigte sich nicht nach der Band oder den Tedeschi-Trucks-Konzerten. Sie sah ihn immer noch taxierend an. Jo ergriff in Sachen Detektivbekleidung die Flucht nach vorn. »Als Ermittler, hörst du, da ist das ganz was anderes. Da geht es nicht um Chic. Da ist nullachtfünfzehn noch viel zu dick aufgetragen. Praktisch unsichtbar muss der Ermittler sein.«

»Ja, wenn das so ist, stelle ich dir gern eine Garderobe zusammen. Ich hab hier ein paar Teile, die haben das Zeug zum Ladenhüter! Die kannst du gar nicht sehen, so unauffällig sind die! Ein Potpourri unterschiedlicher Tarn-Anzüge für den ostfriesischen Privatschnüffler von heute. Könntest du im Büro in einen Schrank hängen und dann nach Bedarf die Identität wechseln. Vielleicht immer montags unsichtbar in blau meliert?«

»Na das wär ja mal was! Leider hapert es mit dem Büro im Augenblick noch so 'n bisschen«, alberte Jo mit.

Allerdings hatte sich wegen der Auftritte mit Tedeschi Trucks das Zentrum der Jonas Buskohl'schen Gedankenwelt in den letzten Wochen tatsächlich verschoben. Seine Ambitionen als Gründer eines erfolgreichen Detektiv-Start-ups samt der Suche nach einem Büro waren, *nur vorübergehend und verständlicherweise*, wie Jo es vor sich selbst rechtfertigte, in den Hintergrund getreten.

»Die Jungs haben mir so eine matte Folie geschenkt mit schwarzer Aufschrift drauf »Jo Blueskohl – Private Investigator«. Aber es ist wie verhext, ich finde einfach kein Altbaubüro mit stilechtem Linoleum und Glastür, auf die ich das kleben könnte. Von daher muss bis auf Weiteres der Briefkasten meiner Mutter als Firmensitz genügen.«

»Frag doch mal, ob du vorn im Zollhaus was mieten kannst. Das steht doch jetzt leer. Muffiger Altbau genug sollte das wohl sein«, meinte Constanze und holte zwei fahrbare Ständer mit hängender Ware von draußen herein. Die Fußgängerzone war mittlerweile wie ausgestorben. Es war Freitagabend kurz vor sieben und aus der Altstadt wehte vom Rathausturm leise die Melodie des Glockenspiels herüber.

»Warum rufst du nicht zurück?«, wechselte Constanze das Thema und wurde unvermittelt verbindlicher.

»Wann meinst du?«, erwiderte Jo. Die plötzliche Wendung traf ihn unvorbereitet, denn am Morgen hatte Constanze geschrieben, sie würde seinen fachlichen Rat brauchen, eine Freundin von ihr befände sich in echten Schwierigkeiten. Sie hatten verabredet, sobald er im Göttberg Schluss hatte, sollte er zu ihr rüber in den Laden kommen.

»Mehrfach jetzt schon. Ich rufe dich an, spreche auf deine Mailbox, aber du meldest dich einfach nicht.« Constanze blieb jetzt zum Umarmen nah vor ihm stehen. Gern hätte Jo die Augen geschlossen und ihren Duft, einen leichten frischen Sommerduft, inhaliert. »Ich denke allmählich, du gehst mir ganz bewusst aus dem Weg.«

Damit lag Constanze zweifelsfrei richtig. Jo begann zu schwitzen. Ihr luftiges Sommerkleid, das halblange blonde Haar, das ihr großzügiges Dekolleté umrahmte, ihre zur koketten Schnute geschürzten Lippen. Er musste sich zusammenreißen, denn er stand kurz davor, etwas hochgradig Emotionales von sich zu geben und damit die eben noch heitere Stimmung wahrscheinlich vollends zu ruinieren.

Als Geschenk der Familie hatten Jo, Sven und Habbo letztes Jahr bei ansehnlicher Gage auf Walter Hundertmarks Geburtstag einige Stones-Titel gespielt. Für Hundertmark waren die Rolling Stones Höhepunkt und sogleich das Ende der rockmusikalischen Evolutionsgeschichte. Constanze war an diesem Abend anschließend mit der Band um die Häuser gezogen. Sie waren sich zuvor Jahre nicht begegnet. Gegen Morgen dann waren sie beide in Constanzes Appartement gelandet. Der Sex hatte sich noch ein paarmal wiederholt, bis Constanze Jo eines Tages erklärt hatte, dass eine Beziehung derzeit für sie nicht infrage käme. Keine Frage, er ging ihr aus dem Weg! Gegen das Miteinander-Schlafen konnte er rein gar nichts einwenden, aber eigentlich hatte ihm eine deutlich festere Bindung vorgeschwebt. Bei der tiefen Verbundenheit, die er empfand, schaffte er es auch nicht, an seinen Gefühlen etwas zu drosseln. *Ein gemeinsames Wochenende auf Borkum, eine fantastische Idee!* Jo hatte ihr nur noch halb zugehört. Wie kam er jetzt auf Borkum?

»Ich habe dich letzte Woche Donnerstag angerufen, weil ich bei dem super Wetter das Wochenende nach Borkum wollte und dich fragen wollte, ob du mitkommen magst.«

Unmut stieg in ihm auf. Diese Art Aktionen waren es, mit denen Jo nicht gut umgehen konnte. Ein Wochenende auf der Insel verbringen, aber keine Beziehung wollen. Da er entschlossen war, die schon früher geführte Diskussion heute Abend nicht fortzusetzen, versuchte er, dem eigentlichen Kern des Themas lieber auszuweichen.

»Wir proben jetzt jeden Sonntag. Zumindest wollten wir das hinbekommen. Aber vor drei Wochen, als Kartoffelmarkt war, hat mich dein Dad im Göttberg schuften lassen. Am Sonntag drauf war für uns aus heiterem Himmel Habbos und Marlies Hochzeitstag. Also wieder keine Probe. Ich hätte letzten Sonntag auf gar keinen Fall mitkommen können.« *Was redest du für einen Stuss von nicht mitgekonnt*, fiel Jo in Gedanken sich selbst ins Wort.

»Bauern- und Sommermarkt.«

»Was?«

»Das war der Bauern- und Sommermarkt, nicht das Kartoffelfest, wie es richtig heißt. Das Kartoffelfest ist Ende September und davor noch das Skippertreffen«, verbesserte Constanze ihn und hatte sogleich Bedenken, dabei vielleicht zu schnippisch geklungen zu haben. Janine und ihre Freundin mussten jeden Moment kommen, darum bereute sie jetzt, das dämliche Wochenende überhaupt angesprochen zu haben. Sie war einfach so sauer gewesen, auch auf sich selbst. Auf Borkum hatte sie am Sonnabend noch die letzte Fähre zurück aufs Festland genommen und das Geld fürs Hotel abgeschrieben. Es hatte ihr allein auf der Insel trotz des Wahnsinnswetters einfach keinen Spaß gemacht. Doch die Analyse ihres Beziehungsstatus musste jetzt warten. Sie hatte Jo Blueskohl schließlich nicht ihretwegen kommen lassen.

»Die haben aber überall an den Ständen Kartoffeln verkauft«, grummelte Jo.

»Die waren sicher aus Nordafrika, vielleicht auch aus Spanien.« Constanze ging zurück hinter den Verkaufstresen. »Du kannst in Ostfriesland keinen Kartoffelmarkt machen mit algerischen Wüstenknollen. Kartoffelmarkt ist darum Ende September«, wiederholte sie.

»Du meinst Kartoffelfest«, stellte nun Jo schmunzelnd klar.

»So ist es.«

»Constanze, du kennst dich echt aus in Sachen Citymarketing und Kartoffeln.« Jo war erleichtert, weil das Gespräch wieder eine freundlichere Richtung genommen hatte.

»Ich hab 'nen Laden in der Fußgängerzone, was denkst du? Da sind jedes Mal verkaufsoffene Sonntage. Ich sollte wohl wissen, wann die stattfinden.«

»Frau Constanze Hundertmark, Sie kennen schon das Sprichwort vom Apfel und vom Stamm?«

Der Türgong beendete die Stichelei der beiden. Zwei Mädchen, beide vielleicht achtzehn Jahre alt, eine im schwarzen Toten-Hosen-Shirt, die andere wie Constanze in einem Sommerkleid, traten herein.

»Hallo!«

Constanze und das Mädchen im Kleid umarmten sich kurz.

»Das ist Janine. Sie hilft seit Anfang des Jahres im Laden aus«, stellte Constanze vor. »Soll ich einen Kaffee machen oder wollen wir uns von nebenan Eisbecher holen?«

Sie einigten sich auf Kaffee.

»Und du bist Wiebke?«, wandte sich Constanze an das Hosen-Mädchen.

Wiebke war nicht nur von einer Aura kalten Tabakgeruchs eingehüllt, auch eine leichte Bierfahne entging Jo nicht.

»Janine und Wiebke sind in derselben Klasse in der Fachoberschule.« Constanze wandte sich um, der Vordertür zu, schloss ab und forderte dann die anderen auf, ihr in den rückwärtigen Lagerraum zu folgen. Janine bewies, dass sie sich auskannte, drängte sich vor und ging voraus. Wiebke und Jo trotteten hinter Constanze her, um den Verkaufstresen herum, wo sich hinter einem Vorhang ein Durchlass verbarg, der in einen fensterlosen Raum führte. Eine der Leuchtstoffröhren flimmerte. An drei Wänden stapelten sich in anno Tobak gezimmerten Regalen unterschiedlich große, mit verspielter Schrift von Hand etikettierte Kartons. Meist waren es Wortkombination wie »Kinder/Jeans«, »Kinder/Jacken«, teils abgekürzt, »Abendg./festl.«, »Hochzeit/weiß«, »Herren/Winter« und so weiter. Jo fiel ein Karton mit der überraschenden Aufschrift »Charleston« ins Auge. Gebrauchte Mode der Zwanzigerjahre konnte wohl kaum darin sein!

Den Charleston hatte ja eine andere, eine vergnügliche und weiße Welt berühmt gemacht. Doch war er ein Produkt derselben Zeit, aus der auch der Texas Blues stammte, dem sich Jo und die Band verschrieben hatten. Er brachte Constanze in einem frivolen Fransen-Fummel auf die Leinwand seines Kopfkinos und nahm sich vor, sie später unbedingt nach dem Inhalt des Kartons zu fragen.

An der noch freien Wand stand ein kleiner fleckiger Tisch mit Kaffeemaschine und gestapelten sauberen Bechern. Janine öffnete eine Tür, die den Blick auf eine winzige Toilette mit Holzdielen freigab. Dort an einem emaillierten Blechwaschbecken füllte sie die Kaffeekanne auf.

»Sag mal, wie alt ist dies Gebäude eigentlich?«, fragte Jo in die Runde.

»Ich glaube, das ist Gründerzeit, so ungefähr von achtzehnneunzig«, antwortete Constanze und übernahm dann an der Kaffeemaschine das Kommando. Bald darauf verbreitete das Aroma des aufgebrühten Heißgetränks trotz der kargen Räumlichkeit einigermaßen Gemütlichkeit.

Sie saßen auf klapprigen Holzstühlen eng gedrängt am Tisch, als Constanze endlich erklärte, warum Jo hatte kommen sollen. Nach Flachs war ihr nun beileibe nicht mehr zumute.

Mit ungewohnt ernsten Augen sah sie Jo an. »Hast du in der Zeitung von der toten Frau gelesen? Die, die sie im Großen Meer gefunden haben?« Constanze machte an dieser Stelle keine ausreichend lange Redepause, die Jo eine Antwort ermöglicht hätte. Er nickte also nur, während sie jedes Wort sorgfältig abwägend weitersprach. »Diese Frau ist Wiebkes Schwester Okka, die fast genau vor zwei Jahren am Dollart verschwunden ist. Man hat später auf Höhe des Schweinchenstrands ihr abgestelltes Auto gefunden. Von ihr selbst aber keine Spur. Die Polizei war der Meinung, dass sie im Dollart ertrunken ist. Vielleicht ein Unglücksfall, vielleicht Suizid. Und dass ihr Körper vom starken Emsstrom fortgerissen wurde, den Fluss rauf oder ins Meer hinaus.«

Constanze nahm einen Schluck Kaffee und atmete kurz durch. Die anderen hörten konzentriert weiter zu. »Die Polizei hatte keinen konkreten Anhaltspunkt, der auf ein Verbrechen hingedeutet hätte. Ganz ausschließen konnte man das aber auch nicht. Sie haben die Küste nach Okka abgesucht. Sie haben Leute befragt. Wiebke kann das besser erzählen, was die alles unternommen haben. Jedenfalls, brauchbare Hinweise zu ihrem Verschwinden gab's letztlich keine. Fehlanzeige. Und jetzt, zwei Jahre später, ist dreißig Kilometer vom Dollart entfernt, in einem – wohlgemerkt - Binnensee, ihre Leiche aufgetaucht.«

»Weißt du überhaupt, was der ›Schweinchenstrand‹ ist?«, unterbrach Wiebke und Jo sah am nassen Glanz auf ihren Wangen, dass das toughe Mädchen sich die Tränen aus dem Gesicht gewischt hatte.

»Du meinst den Sextreff am Dollart?« Er erinnerte sich, dass die Sache ein Politikum gewesen war. Obwohl es dort an der Küste unweit Emdens weit und breit keine Anwohner gab und nur einige Hundehalter dort regelmäßig Seewind und schmutzigem Wasser trotzten, hatte sich eine Bürgerinitiative gegründet und so lange den Aufstand geprobt, bis letzten Sommer mit täglicher Polizeipräsenz dem verruchten Treiben der Paarungswilligen dort weitgehend der Garaus gemacht worden war.

Der sogenannte Schweinchenstrand lag am Rande eines weitläufigen Industriegebiets. Dort wurde seit den Siebzigerjahren aus Unterwasser-Pipelines norwegisches Erdgas angelandet und aufbereitet. Ein wirres Geflecht aus chromglänzenden Rohrleitungen zog sich hinter Maschendraht durch die halbe Landschaft. Später hatten sich weitere Betriebe angesiedelt. Der schmale und nur einige hundert Meter lange Sandstrand hatte die hinter den flachen Dünen wuchernde Industrialisierung weitgehend unbeschadet überlebt. Er war ein nur Insidern bekanntes Ausflugsziel gewesen, bis er sich zu dem mehr speziellen Geheimtipp entwickelt hatte.

»Da oben am Dollart gibt es einen kleinen Strand«, wollte Wiebke erklären, wurde aber sanft von Jo unterbrochen.

»Ja, da hab ich schon von gehört. War lange Zeit ein beliebtes Ziel bei Motorradtouren.«

»Okay. Also meine Schwester war in einem Dating-Forum. So eines der eher heftigen Art. Da haben sich Leute zum Outdoor-Sex verabredet. Ich glaube«, Wiebke hielt einen Moment die Luft an, »Okka hat sich da was dazuverdient.«

Jo schluckte. »Du meinst, sie ist anschaffen gegangen?«

»Nein! Meine Schwester war doch keine Nutte, wenn du das glaubst!« Constanze und Janine sahen betreten in ihre Kaffeebecher.

»Nein, Okka hatte einen Job als Aufsicht in einer Spielhalle. Sie wohnte zu der Zeit nicht mehr zu Hause. Ich weiß nicht so genau, was sie so gemacht hat. Aber wie's für mich aussieht, hat sie im Sommer manchmal da am Strand mit Männern Sex gehabt. Und dafür hat sie Geld bekommen. Anders kann ich's mir nich' erklären, warum sie sich dort verabredet hat.«

»Mannomann! Das ist harter Stoff. Das tut mir wirklich leid, was mit deiner Schwester passiert ist.« Jo sah über den Tisch in der Hoffnung, Constanze würde etwas sagen. Wiebke wischte sich wieder über die Wangen. Er stellte sich vor, wie schrecklich Okkas Verschwinden für sie und ihre Eltern gewesen sein musste. Und dann, als sie vielleicht gedacht hatten, das Leben würde endlich weitergehen, wurde die Leiche gefunden.

»Wiebke hat das Laptop ihrer Schwester und da war eine Liste mit Passwörtern«, meldete sich nun Janine zu Wort. »Da waren auch die Zugangsdaten zu ›dollartfuck.de‹ drauf.«

»Dem Dating-Forum?«, fragte Jo.

»Ja, und wir konnten lesen, mit wem Okka sich geschrieben hat.«

Constanze teilte den restlichen Kaffee auf.

»Das Forum ist heute aber quasi tot«, merkte Wiebke an, »die letzten User, die da regelmäßig geschrieben haben, haben nur noch übel geschimpft. Ein paar haben noch von ihren wenig erfreulichen Begegnungen mit der Polizei berichtet. Sogar, dass meine Schwester verschwunden ist, wurde da noch mit ein paar dummen Beiträgen kommentiert. Aber seitdem ist da totale Flaute.«

»Das Forum ist aber immer noch voller Pornowerbung. Das lohnt sich wahrscheinlich, die Website nicht abzuschalten, auch wenn kaum noch User online sind«, führte Janine aus, für Jos Geschmack etwas zu altklug.

»Wir haben dann mehrere von Okkas Kontakten im Forum per ›private Nachricht senden‹ angeschrieben.«

An dieser Stelle schaltete sich Constanze, die die ganze Zeit über ruhig zugehört hatte, energisch ins Gespräch ein.

»Die beiden haben sich verabredet, Jo! Über ein Sexforum!« Constanze geriet in Rage. »Aber das Beste ist ja noch, dass sie nicht die blasse Ahnung haben, mit wem sie sich da überhaupt geschrieben haben. Wer denn da übermorgen zum Treffpunkt kommt!«

»Was habt ihr dem denn geschrieben?«, wollte Jo wissen.

»Hurra, wir sind zwei Dumpfbeutel von der Schulbank und fahren an den Arsch der Welt, um den Mörder unserer Schwester zu daten!«, legte Constanze nach. Ihre wütenden Ausführungen entfalteten bei Janine auch unmittelbar die beabsichtigte Wirkung und Janine schrumpfte auf ihrem Stuhl sichtlich zusammen.

Wiebke war dagegen nicht so schnell einzuschüchtern. »Wir haben uns als Okka ausgegeben und haben erklärt, wir wären aus Berlin wieder zurück nach Leer gezogen. Haben gefragt, was denn inzwischen mit dem Forum und dem Schweinchenstrand los wäre.«

»Und, wer hat da was geantwortet?«

»Jo, die müssen damit zur Polizei!« Constanze schnaubte.

»Geilerfriese21 hat als Einziger geantwortet. Das ging ein paar Mal hin und her, so wegen des Forums und auch wie Berlin so war. Dann hat er gefragt, ob wir, also nicht wir, sondern Okka eben, Lust hätten, am Sonntagmittag zum Schweinchenstrand zu kommen.« Wiebke verschränkte die Arme. »Wir wollten uns ja gar nicht mit dem verabreden.«

»Geilerfriese21?«

»Ja.«

»Also, ich muss mir das alles erst mal selber durchlesen. Dazu brauche ich natürlich die Zugangsdaten. Aber dass Geilerfriese21 was mit dem Tod deiner Schwester zu tun hat, halte ich für nicht gerade wahrscheinlich. Sonst hätte er doch kaum auf eure Mail geantwortet.« Jo grübelte. Es handelte sich um eine ganz schön heikle Angelegenheit.

»Das habe ich Constanze ja auch gesagt«, äußerte Janine zaghaft.

»Und was, wenn Geilerfriese21 ein durchgeknallter Psycho ist?« Constanze ließ sich nicht beirren. Und sie war verärgert. Warum unterstützte Jo sie nicht?

»Das Laptop, war das damals bei der Polizei? Haben die das Laptop gecheckt?«, wollte Jo nun von Wiebke erfahren.

»Ja, klar haben die das Laptop damals mitgenommen«, berichtete sie, »wir haben das erst nach fast einem Jahr wieder zurückbekommen.«

»Und ihr wollt da am Sonntag wirklich hin zum Dollart?«, fragte Jo.

»Nee, ich bestimmt nicht! Ohne mich!«, gab Janine unumwunden zu und der verächtliche Blick entging ihr nicht, den Wiebke dafür nur über hatte.

»Meinst du wirklich, das ist kein Fall für die Polizei?«

Während Constanze ihre Bedenken nicht so leicht abschütteln konnte, spürte Jo, dass seine innere Anspannung der letzten Minuten mehr und mehr einem guten Gefühl wich. Er wollte sich gar nicht geschmeichelt fühlen, aber doch konnte er eine gewisse Euphorie nicht gänzlich unterdrücken. Er hatte einen Mordfall!

»Wir haben morgen Abend in Enschede einen Auftritt. Wir wollen darum am Sonntag erst später in den Probenraum. Wenn wir also bis zum Abend zurück wären, unverbeult und jeder in einem Stück, dann könnten wir ja mal einen Ausflug zum Schweinchenstrand riskieren.« Jo sah in die Runde.

Janine starrte zu Boden. Auch Constanze schien überhaupt nicht begeistert. Doch tatsächlich hatte sie die Entwicklung in etwa genau so vorhergesehen, als sie Jo am Morgen nach dem Frühstück ihre Nachricht aufs Handy gemailt hatte.

Kripo-Leute Fragensteller

Gemeinsam mit der attraktiven Mutter wuchtete Buchinsky das knapp einen Zentner schwere Hydrobike über die Spundwand ins Wasser des kleinen Stichkanals. Das unter dem gelben Doppelrumpf hervorstehende Ruderblatt, an dem gleichzeitig die kleine Antriebsschraube angebracht war, durfte dabei nicht beschädigt werden. Er prüfte noch einmal den Sitz der Schwimmwesten, da das Mädchen unentwegt an den Riemen herumzuppelte. Hatte er es eben versäumt, so dachte er diesmal daran, sie noch darauf hinzuweisen, nicht in die Schilfgürtel zu steuern. Dazu deutete er mit der Hand in die ungefähre Richtung der Stellnetze, deren Pfähle und Schwimmer von ihrem Standpunkt aus aber verborgen hinter einer Landzunge lagen. Als die beiden ausgelassen in ihren Sätteln Platz genommen hatten und strampelnd das zweite Mal gackernd in See stachen, sah Buchinsky ihnen noch eine Weile nach. Das beanstandete Hydrobike sicherte er mit einer Leine.

Es musste bald Mittag sein. Kurzfristig war Buchinsky für Lothar eingesprungen. Der Pächter der Paddel- und Pedalstation hatte sich an einem Gestell für Kanus den Kopf gestoßen. Mit einem Handtuch auf der übel triefenden Risswunde war er am Morgen ins Krankenhaus gefahren. Vielmehr hatte Lothars Frau ihren am Kopf beschädigten Kerl fahren müssen. Sie chauffierte

Lothar zur Zeit ohnehin grundsätzlich, da der noch bis September ohne Lappen war. Die Wunde war geklebt und nicht genäht worden, hatte sie am Telefon berichtet und Buchinsky noch einmal fürs spontane Aushelfen gedankt.

In derlei Gedanken versunken wollte er sich eben aufmachen, zurück zur Bürobude und die gerade eingenommenen zehn Euro in das Kassenbuch eintragen, als er drei Männer in etwa hundert Meter Entfernung auf dem Betonplattenweg auf ihn zuschlendern sah. Offenbar scherzten sie miteinander. Einer der Männer, ein großer übergewichtiger Typ, fiel mit seiner dröhnenden Lache besonders aus dem Rahmen des bis dahin friedlichen Vormittags. Urlauber waren das nicht.

Buchinsky Blutdruck stieg pfeilschnell. Das lag vor allem an der blauen Pelle, in die sich der Dicke gezwängt hatte und die nichts anderes als eine Polizeiuniform sein konnte. Er sah sich hektisch um. Wurde er gerade panisch? Es blieb keine Zeit. Was sollte er tun? Bleiben? Nein, abhauen! Er musste weg. Nur Sekundenbruchteile blieben für die richtige Entscheidung. Konnte er es riskieren, kaltschnäuzig mit einem freundlichen Gruß die Männer zu passieren oder war es besser, zur anderen Seite, am Ufer entlang zu verschwinden? Dann entschied er sich intuitiv für eine dritte Option und machte das im Wasser dümpelnde Hydrobike klar.

»Herr Bukinski! Hallo! Warten Sie doch bitte mal«, hörte er hinter seinem Rücken einen der Männer rufen. Es war nicht die Stimme des Dicken, der immer noch krampfhustenartig über etwas lachte, das er wohl saukomisch fand.

Das vermaledeite Wasserfahrrad war tatsächlich nicht in Ordnung! Zwar funktionierte der Antrieb fehlerfrei und Buchinsky entfernte sich zunächst schnell vom

Ufer, aber seine Lenkbewegungen führten zu keiner sinnvollen Reaktion seitens des kuriosen Gefährts. Seine Flucht endete im Schilf vier Meter gegenüber auf der anderen Uferseite des Kanals.

»Warten Sie, wir helfen Ihnen«, rief einer der beiden in Zivil, »das dürfte lang genug sein. Achtung, fangen!« Der drahtige Mann mit der Lederjacke hatte ein paar Knoten ins Ende der am Boden liegenden Leine gemacht und warf sie Buchinsky zu. »Wir ziehen Sie rüber.«

Buchinsky reimte sich einen Plan B zusammen. »Das Bike hier, das ist eben reklamiert worden.« Er zeigte auf das Wasser hinaus. »Von der Frau da. Is' angeblich kaputt. Hat sie gerade reklamiert, is' keine zwei Minuten her. Da wollt ich doch gleich mal prüfen, was damit los is'. Ich bin hier nämlich heute Morgen nur so eingesprungen. Kenn mich da auch nicht wirklich aus mit den Dingern.« Er versuchte ein zaghaftes Lächeln.

»Wir ziehen Sie jetzt rüber, vorsichtig. Und los!«

Der Dicke reichte Buchinsky die Hand und half ihm vom Hydrobike die Spundwand rauf. Die beiden anderen zeigten ihre Kripoausweise vor.

»Den Herrn Vogelsang kennen Sie vielleicht?«, fragte der in der Lederjacke und nickte in Richtung des uniformierten Schwergewichts. »Ihr Dorfsheriff aus Ihlowerfehn.« Vogelsang lachte wieder los.

»Ähm, nee, leider nicht. Ich lebe ja noch nicht so lange hier am Meer«, antwortete Buchinsky.

»Die Damen in der Info haben uns gesagt, dass wir Sie hier finden können«, sagte der dritte Mann, der älter war, und Buchinsky bedrohlicher erschien als die beiden anderen. »Sie wissen sicher, wir haben hier vor vier Wochen eine Tote aus dem Wasser gefischt. Eine junge Frau, die im Sommer 2012 von ihrer Familie als vermisst gemeldet wurde.«

»Oh ja, natürlich. Klar hab ich davon gehört und gelesen. Da war hier ja was los den Tag. Eigentlich wär da Regatta gewesen. Sogar im Fernsehen, auf'm Dritten, haben sie da was zu gebracht. Über die Wasserleiche in Ostfriesland.«

»Man hat uns gesagt, dass Sie hier am Großen Meer Ferienhäuser vermieten«, erklärte der in der Lederjacke, sah ihm von Berufswegen misstrauisch in die Augen und zündete sich dabei eine Zigarette an.

»Nee, also, ich bin eher so Hausmeister für eine ganze Reihe Häuser. Mach auch ein bisschen Verwaltung, aber die Vermietung läuft doch überwiegend über die Eigentümer und übers Büro der Gemeindeverwaltung.« Buchinsky sammelte sich. Die Situation wirkte nicht mehr so gefährlich, seitdem klar war, niemand würde ihn zu Boden werfen, mit Kabelbindern ihm die Hände auf dem Rücken fesseln und ihm seine Rechte vorlesen. Das Adrenalin pochte trotzdem weiter in seinen Adern.

»Können Sie uns wohl eine Liste zusammenstellen mit den Namen und Anschriften aller Mieter, die im Sommer 2012 Ihre Gäste waren? Ist das möglich?« Der Mann mit der Lederjacke fummelte umständlich eine Visitenkarte hervor, für Buchinsky endgültig das Zeichen, dass der Tag doch noch nicht gelaufen war.

»Ich muss da aber einige Eigentümer anrufen. Vollständig habe ich das ja nicht von allen Häusern.« Buchinsky befürchtete, sein Ton sei möglicherweise abweisend gewesen und schob hinterher: »Das dauert nicht lange, zwei, drei Tage vielleicht. Mach ich gern, wenn ich damit weiterhelfen kann.«

»Vogelsang, geben Sie dem Mann auch Ihre Karte. Er soll Sie anrufen, sobald er die Liste fertig hat«. Der Lederjacken-Kommissar wollte offenbar weiter, drehte sich um und war im Begriff zu gehen.

»Sie waren hier vor zwei Jahren auch schon Vermieter?«, fragte plötzlich noch der Ältere. »Vielleicht ist Ihnen mal was aufgefallen? Im Sommer vor zwei Jahren oder generell, etwas was jetzt nachträglich zusammen mit dem Fund der Toten einen Sinn ergibt? Oder etwas, das Sie aus heutiger Sicht stutzig macht?«

»Nein, nichts, gar nichts. Tut mir leid«, antwortete Buchinsky.

»Bei manchen Booten, die auf Land liegen, ist so ein graues Vlies untergelegt. Wissen Sie zufällig, wo man das kaufen kann?«

»Nein, leider, keine Ahnung.« Buchinsky zog entschuldigend die Schultern hoch und machte mit den leeren Händen eine passende Geste.

Auch Waultmanns Urlaubsdomizil war vom selben Typ der frühen Jahre, ein mit schwarzen Ziegeln vom First bis zur Rasenkante eingedecktes gleichschenkliges Dreieck mit weißen Giebeln. Das Haus war eines der ersten gewesen, dessen Eigentümer eine Alarmanlage mit außen gut sichtbarer roter Rundumleuchte hatte installieren lassen. Der kleine Garten befand sich in einem wenig gepflegten Zustand. Unter zwei Tannen gequetscht vergammelte ein altes Ruderboot. Der bucklige Rasen reichte bis an das mit Rohrkolben bewachsene Ufer und benötigte dringend einen Schnitt. Es gab eine kleine Slipanlage, die aber von den Rändern her zuwuchs. Waultmann hatte schon seit Jahren kein Boot mehr zu Wasser gelassen. Innen verhielt es sich dagegen völlig anders. Rustikale abgewohnte Ferienhaus-Atmosphäre suchte man hier vergebens. Das Haus war modern eingerichtet, viel moderner als die meisten anderen. Buchinsky kannte den Vergleich, denn als Verwalter hatte er in den letzten Jahren viele Häuser am Großen Meer auch von innen kennengelernt. Kiefernholzoptik gab es bei Waultmanns schon lange nicht mehr. Helle Farbtöne herrschten vor, weiß und cremefarben waren Deckenverkleidung, Möbel und Teppich. Statt Häkelgardinen schmückten Plissees die Fenster. An den wenigen Wänden hingen schwarzweiße Akte und auf einem riesigen weiß gerahmten Flachbildschirm quälten sich gerade versprengte Radprofis durch ein Spalier aus Menschen zu einer Bergankunft die französischen Alpen hinauf.

Nachdem Lothars Frau die Paddel- und Pedalstation am Mittag wieder übernommen hatte, war Buchinsky zunächst zur Tourist-Info gelaufen und hatte in Erfahrung gebracht, dass dort trotz Wochenende seit dem Morgen an einer Liste mit sämtlichen Feriengästen des vorletzten Sommers gearbeitet wurde. Vor seiner Haustür war er dann auf Renate Waultmann getroffen. Ihr Mann wollte ihn sprechen. Sofort. Sie waren nebeneinanderher gelaufen, langsam, denn Renate war das Gehen schwergefallen und Buchinsky hatte es nicht eilig gehabt. Angestrengt versuchte sie ihre Schmerzen zu verbergen. Er sah, dass sie sich bemühte, das eine Bein weniger zu belasten, sagte dazu aber nichts.

»Buchinsky, komm setz dich zu mir«, begrüßte ihn Waultmann und drehte der Tour de France den Ton ab. Buchinsky nahm widerwillig neben Waultmann im Designersofa Platz. »Hab gehört, die Kripo war vorhin da. Was wollten die denn von dir?« Bevor er antworten konnte, legte Waultmann seinen Arm um Buchinskys Hals und nahm ihn gespielt kumpelhaft und dabei höhnisch lachend in den Schwitzkasten. »Du lässt dich doch nicht einschüchtern von den Schweinen, Buchinsky! Oder etwa doch?«

Buchinsky wand sich aus dem feindseligen Griff, rutsche dabei vom Sofa auf den Boden, stand aber umgehend wieder auf und hielt nun Abstand. Er konnte sich nicht erklären, wie Waultmann binnen weniger als zwei Stunden von den Ermittlungen der Kripo erfahren hatte.

»Die wollen eine Übersicht mit Namen und Anschriften, wer im Sommer 2012 hier am Meer Urlaub gemacht hat. Selbst die Stellplätze für die durchreisenden Wohnmobile sollen ausgewertet werden. Aber das geht gar nicht. Sie haben gar nicht immer alle abkassieren können, haben sie in der Info gesagt.«

»Und du sollst auch so eine Liste machen?«

Buchinsky nickte.

»Und da schreibst du dann rein, Waultmanns, von dann bis dann?«

»Nee, nee, ihr seid ja Eigentümer, die nicht vermieten. Ich glaube, ihr werdet da selber noch kontaktiert. Weiß nicht, ob die Gemeindeverwaltung das machen soll oder ob von den Bullen.«

»Aber du bist doch unser Hausverwalter! Ich meine, du hast einen Schlüssel, siehst nach der Post und wenn nötig, drehst du die Heizung auf und so weiter. Wenn was gemacht werden muss, rufst du Renate an. Stimmt doch Renate, dass Buchinsky dich anruft, wenn was ist, oder?« Waultmann ließ seinen Gedanken freien Lauf. Renate stand an der Küchenzeile mit dem Rücken zu ihnen und antwortete nicht. »Hast du denn noch andere Häuser, auf die du ein Auge hast, die aber nicht vermietet werden?«, fragte Waultmann.

Buchinsky verneinte.

»Pass auf, Buchinsky! Ich hol jetzt mein Tablet und dann schauen wir mal in den alten Kalender von vor zwei Jahren und dann verschieben wir den Waultmann-Urlaub so ein bisschen. Und wenn du nachher deine Liste schreibst, dann führst du Renate und mich da ruhig mit auf.« Waultmann lehnte sich für einen Moment zu-

frieden zurück. Dann beugte er sich abrupt wieder vor.
»Das Video damals, das hast du doch gelöscht?«

»Verdammt Markus, natürlich! Das weißt du doch! Das ist gelöscht und die Speicherkarte hab ich verbrannt.«

»Na, dann ist ja gut.« Waultmann tippte auf die Fernbedienung. Mit kehligen Anfeuerungsrufen rannte ein roter Teufel mit Rauschebart und Dreizack an der Seite eines Radprofis ein Stück den Berg mit hinauf.

Schweinchenstrand mit Hund

Wenn der Verkehr es zuließ, starrte Jo nicht auf die Straße, sondern auf seine Hände am Lenkrad. Sein Augenmerk galt dabei hauptsächlich der rechten Hand, deren verändertes Aussehen ihn immer noch erstaunte. Direkt nach dem Biss waren da zunächst weiße, in die Haut gedrückte Punkte gewesen. Dieses partielle Abbild eines Hundekiefers war aber bald wieder verschwunden. Dem gefolgt waren kleine Flecken, die sich allmählich noch vergrößert und sich dann miteinander verbunden hatten und sich nun wie eine topografische Landkarte in rötlich blau über Jos Handrücken erstreckten. Lulu, der im wahren Leben ein Rüde war, ein Mix aus großem Spitz, Border Collie, möglicherweise kleinem Neufundländer oder anderem unbekannten Ungetüm, schlief trotz seines fatalen Ausrasters die Rückfahrt über selig, den Kopf in Wiebkes Schoß gelegt.

»Das war doch kein Beißen! Der hat nur etwas ungeschickt geschnappt«, hatte Wiebke den schon betagten schwarzen Hund ihrer Familie verteidigt, als Jo ihr seine schmerzende rechte Hand vor die Nase gehalten hatte.

Jo war froh, dass der anfänglich heftige Schmerz inzwischen gut erträglich war, froh darüber, dass die vom Odem der Pestilenz behauchten Beißer weder die Haut noch gar die ganze Hand durchdrungen hatten. Er dachte ans Gitarrenspiel und an die vor ihm liegenden Auftritte mit Tedeschi Trucks. Die Fahrt zum Schweinchenstrand war ein Misserfolg auf der ganzen Linie.

Es war noch trocken gewesen, als sie drei Stunden zuvor in Constanzes rostigen Golf gestiegen waren und Leer hinter sich gelassen hatten. Die ersten Tropfen waren am Stadtrand von Emden gefallen, und als sie bald darauf die schmale holprige Straße erreicht hatten, die kurvig durch die Weiden auf die Ems zu und dann unterm Deich entlang zum Schweinchenstrand führte, hatte das am Morgen noch ansehnliche Sonntagswetter endgültig auf sanften Landregen umgeschwenkt. Ungeachtet dessen blieb es den ganzen Tag über dennoch angenehm warm.

Erst kurz vor ihrem Ziel stieg die Straße an und verlief die restlichen Meter auf Höhe der Deichkrone. Es war Flut gewesen. Selbst bei verhangenem Himmel war der Ausblick über Ems und Dollart äußerst eindrucksvoll. Jo wusste, dass irgendwo dort drüben Google ein gigantisches Rechenzentrum betrieb. Gegen den kilometerweiten Industriemoloch auf der holländischen Seite nahmen sich die Anlagen auf ihrer Seite geradezu harmlos aus.

Jo hatte den Golf oberhalb des Dünengürtels zum Stehen gebracht. Die Straße endete hier und nur ein unbefestigter Weg führte hinter einer Schranke weiter hinein in einen Streifen Ödland zwischen See und Industrie. Es hatten bereits drei weitere Fahrzeuge dort gestanden, aber kein Mensch war weit und breit zu sehen gewesen.

Wiebke und Geilerfriese21 hatten sich auf dollartfuck.de für halb zwei verabredet. Sie waren eine gute Dreiviertelstunde früher vor Ort gewesen. Constanze und Jo hatten ihre Jacken bis weit oben zugezogen, den Hund zunächst mal angeleint und waren in der Folge fast zwei Stunden am Wasser auf und ab spaziert. Auch Lockvogel Wiebke war runter ans Wasser gegangen dabei aber stets auf Höhe des Autos geblieben. Die ganze Zeit über hatten sie Sichtkontakt gehalten. So war es abgesprochen gewesen.

Constanze und Wiebke hatten gerade das dritte Mal miteinander telefoniert und sich auf den Abbruch der Aktion in zehn Minuten geeinigt, als wie aus dem Nichts ein Typ in durchnässten Shorts und T-Shirt aufgetaucht war. Er war von der Straße herab durch die Dünen gekommen und hatte bereits aus der Distanz Wiebke etwas zugerufen, was Constanze und Jo aber nicht hatten verstehen können. Jo, der zuvor entdeckt hatte, wie sehr Lulu »Hol-den-Stock« liebte, hatte den Hund mittlerweile frei laufen lassen. Jo war dann in jenem kurzen aufregenden Moment vom Spiel mit dem Hund abgelenkt gewesen, angespannt und bereit, mit einem Sprint bei Wiebke zu sein, Geilerfriese21 zu stellen oder zu überwältigen, als die vierbeinige Kreatur unvermittelt nach dem Holz in seiner Hand geschnappt hatte.

Der Mann bei Wiebke war zu ihrer Enttäuschung nicht Geilerfriese21 gewesen. Er hatte sich stattdessen als noch sehr junger Familienvater entpuppt, der Starthilfe für seine Karre suchte. Seine ebenso junge Frau hatte oben im Wagen mit Kleinkind auf ihn gewartet.

Gemeinsam hatten sie das Fahrzeug der kleinen Familie auf der leicht abschüssigen Straße angeschoben, waren anschließend vom Dauerregen bis auf die Haut durchnässt in Constanzes Golf gestiegen und hatten schließlich frustriert den Heimweg angetreten.

»Scheiße alles!«, nölte Wiebke. »Da kommt der Arsch nicht!« Sie machte Anstalten, in dem Stil weiter zu schimpfen, bis Jo und Constanze ihr zu verstehen gaben, dass sie jetzt mal Sendepause hatte. Für ein paar Minuten war es ruhig im Wagen, nur der Hund schnaufte leise, während Wiebke ihm den Kopf tätschelte und der Scheibenwischer im Intervallbetrieb quietschte.

»Ganz ehrlich, Leute? Ich bin echt froh, dass der Typ nicht erschienen ist«, sagte Constanze schließlich.

»Und ich bin megaenttäuscht! Was machen wir jetzt? Wie geht's denn nun weiter?«, drängte Wiebke.

»Du schreibst dem Kerl heute Abend.« Jo Blueskohl hatte längst darüber nachgedacht, wie es weitergehen könnte. »Aber du haust jetzt keine wilden Beschimpfungen raus, sondern bist ganz nett. Dass du trotz des Mistwetters dagewesen bist und auf ihn gewartet hast. Und wenn er antwortet, dann mailst du uns, was er schreibt. Gemeinsam formulieren wir dann weiter. Wir versuchen jetzt erst mal, ob wir auf dem Weg etwas mehr über ihn rauskriegen können. Was er macht, wo er wohnt, seinen echten Namen vielleicht. Vertrauen schaffen! Einfach mal probieren, ob wir damit weiterkommen. Danach dann vielleicht eine neue Verabredung.«

Constanzes Schnauben konnte man nicht missverstehen. Ihr gefiel die Idee nicht besonders. Aber sie war sich auch darüber im Klaren, dass es richtig war, wenn Jo und sie ein Auge auf die Aktivitäten der Mädchen hatten.

»Aber sollten wir damit nicht zusätzlich zur Polizei?«, schlug Constanze sicherheitshalber trotzdem vor. »Die haben doch ihre Ermittlungen wieder aufgenommen. Die sind doch bestimmt auch nochmal bei euch zu Hause gewesen und haben mit deinen Eltern gesprochen.«

»Ach, die Kripo kommt wenn, dann nur noch zu meinem Vater«, begann Wiebke und schilderte, wie sich ihre Eltern nach dem Verschwinden Okkas immer heftiger gestritten und sich dann getrennt hatten. Dass ihre Mutter nach einem Zusammenbruch einige Zeit in einer psychiatrischen Einrichtung gewesen war. Wie ihr Vater gegen ihren Willen mit ihr ausgezogen war aus der alten Wohnung. Sie beide, Wiebke und Lulu, nun aber doch wieder bei der Mutter wohnten, ihre Mutter jedoch nicht mehr bereit war, auch nur ein Sterbenswort über das ungeklärte Schicksal der älteren Schwester zu verlieren.

Nachdem sie Wiebke abgesetzt hatten, fuhren Jo und Constanze weiter in die Innenstadt, wo sich an der Wörde, nicht weit vom Leeraner Freizeithafen, Constanzes Wohnung befand.

»Kommst du mit rauf. Ich mach uns 'nen Kaffee?«

»Lass mal, ich will raus aus den nassen Klamotten und dann muss ich auch schon bald zur Probe. Will auch unterwegs bei Ali noch 'nen Döner essen.«

»Raus aus den Klamotten kannst du auch bei mir«, grinste Constanze, beugte sich vor und gab Jo einen Kuss. »Wenn du magst, komm doch nach der Probe noch vorbei. Ich geh heute Abend nicht mehr weg.«

»Ja, mal sehen«, lächelte Jo, küsste Constanze zurück, drehte sich um und marschierte los Richtung Ostersteg, wo er seinen Wagen am Mittag geparkt hatte. Der Regen hatte aufgehört. Das Pflaster dampfte. Es roch gut in der nassen Stadt, erdig und nach Sommer und irgendwo in einem Garten wurde schon wieder gegrillt.

Der Ü-Raum der Jonas Buskohl Band befand sich in einem früher als Eisenwarengroßhandel genutzten Backsteingebäude, zwischen Industriehafen und Rangiergleisen. Hier gab es keine Anwohner, auf die hätte Rücksicht genommen werden müssen. Nicht nur der Optik wegen, sondern auch um die Raumakustik zu verbessern, waren die unverputzten Wände zum Teil mit schweren Vorhangstoffen verhängt. Auf dem Boden waren dicke Teppiche ausgelegt. In einer Ecke stand eine Couchgarnitur und auf einem flachen Tisch ein alter Röhrenfernseher, auf dem die Band gelegentlich Aufnahmen ihrer Konzerte ansah, um sie dann zu besprechen - Videos, die selten ein scharfes Bild, aber immer einen grottigen Ton hatten. Es gab einen Kühlschrank, der die meiste Zeit nahezu leer war. Bei einem halb gefüllten Glas, in dem zwei Wiener Würstchen bis zur Hüfte im Trüben standen, handelte es sich um ein Experiment, wie Habbo seit Herbst letzten Jahres auf gelegentliche Nachfragen stets versicherte.

»Moin!« Habbo kam wie üblich zu spät. »Sorry Leute! Ich war mit den Kids in Emm'n im Zoo.«

»In Emd'n gibt's 'nen Zoo?«, fragte Sven mit einem unverhohlen gereizten Unterton.

»Durch Emden bin ich heute ja auch zweimal durch. Ganze Zeit Regen, sind da am Dollart klatschnass geworden«, warf Jo ein, hängte sich die weinrote Gibson SG um und schaltete den Röhrenverstärker schon mal auf Stand-by.

»In Em-men, in Hol-land!« betonte Habbo, der vom Besuch des Dierenparks etwas ausgelaugt wirkte, nun übertrieben langsam die einzelnen Silben.

»Ach so«, erwiderte Sven und grinste, »Südenglische Nasenbärlis ankucken und so.«

»Hör mal auf zu lästern, Sven! Der ist gar nicht übel der Zoo, bin da auch schon gewesen, um 'ne neue Kamera zu testen«, beendete Jo vorerst den kleinen Zwist im Übungsraum.

Habbo begutachtete ausgiebig die lädierte Hand des Bandleaders, während Jo ein zweites Mal die Geschichte von Wiebke erzählte, von deren Schwester, die zwei Jahre auf dem Grund des Großen Meers gelegen hatte, vom Sexforum und von ihrem Reinfall am Nachmittag. Sven hörte auch beim zweiten Mal noch gebannt zu.

»Kannst du damit überhaupt Gitarre spielen?«, fragte Sven und zeigte auf Jos Hand, als Habbo, nachdem er ein holländisches Dosenbier getrunken hatte, sich endlich erbarmte, die Drummerschuhe anzog und sich selbst und das Schlagzeug millimeterversessen in die perfekte Ausgangsposition brachte.

»Also Zupfen tut doch ziemlich weh, ein Plek kann ich aber problemlos halten. Von daher würde ich vorschlagen, dass wir heute Abend nur die drei Stücke in Standard-Stimmung üben.« Zum Beweis spielte Jo kurz einen Shuffle-Rhythmus an.

Sie spielten die drei Songs mehrfach und Sven nahm die Probe mit dem Laptop auf. Das erste Bier hatte Habbo gutgetan und der perfekte Groove ihrer Dreimannblueskapelle stellte sich bald ein. Die Schultenbräu zwei bis vier schadeten zwar nicht dem musikalischen Zusammenspiel, waren in der Folge aber Habbos Gemütslage eher abträglich.

»Ich weiß nicht, was das soll«, begann Habbo rumzukritteln, »wenn wir nur dreißig Minuten spielen, ist das doch totaler Blödsinn, mittendrin die Gitarre zu wechseln, weil du unbedingt erst in Open-D spielen willst.«

Den Einwand hatte Habbo auch schon früher geäußert. Als Schlagzeuger unterstellte er Jo, dass der sich mit dem Wechsel der Gitarre vorn auf der Bühne vor allem wichtig tun wollte.

»Das Open-D-Tuning ist aber authentisch für unsern Stil. Davon mal abgesehen kann ich einige Sachen, so wie ich sie spiele, auch nur in der offenen Stimmung machen«, rechtfertigte sich Jo.

»Ihr habt doch selber erzählt, dass die Vorband beim Konzert in Bochum völlig abtörnend war mit dem ständigen Instrumente-Wechseln«, legte Habbo nach und spielte auf ein Tedeschi-Trucks-Konzert an, das Jo und

Sven vor zwei Jahren besucht hatten. »Wie hießen die noch?«

Sven mischte sich in die Diskussion ein. »Moment! Die haben da in einer halben Stunde nicht nur dreimal die Gitarre gewechselt, sondern dazu hat auch der Schlagzeuger noch zweimal umständlich die Snaredrum getauscht. Das ist doch wohl kaum mit uns vergleichbar!«

»Ja, wie hießen die noch?«, fragte Jo.

Unfreiwillig folgte eine lange Schweigeminute.

»Das gibt's doch nicht!«, rief Jo.

»Ihr seid beide da gewesen, nicht ich«, stichelte Habbo, dem das Mäkeln zunehmend Freude bereitete.

»Sorry, aber is' total weg«, nuschelte Sven verlegen.

»Und dafür leihen wir uns vom Göttberg-Arsch 6000 Euro?« Habbo hatte inzwischen deutlich Schwierigkeiten zu erkennen, wer hier der Arsch war. »Bei wie vielen Konzerten müssen wir die Gage hinterher abdrücken, um ihm das zurückzuzahlen? Glaubt ihr denn echt, dass wir nach den vier Konzerten plötzlich CDs verkaufen wie geschnitten Brot?«

»Die waren aus Frankfurt, oder?«

»Du meinst die Vorband?« Sven sah mit ratlosem Blick zu Jo rüber.

»Ja, die bekackte Vorband von Tedeschi Trucks von vor zwei Jahren meine ich!« Jo riss der Geduldsfaden. Er ärgerte sich über Habbo und über sich selbst.

Die Konzentration bei der Bandprobe war dahin. Sie hörten sich Svens Aufnahmen über die Gesangsanlage an und spielten noch einige Stücke, die aber nicht zu ihrem Tedeschi-Trucks-Set gehören würden. Habbo leerte schließlich das letzte seiner mitgebrachten Biere, zog sich die Straßenschuhe wieder an und verabschiedete sich grummelnd.

»Sorry Leute, Marlies und ich haben Stress. War echt ein Scheißtag heute. Und zwar trotz des Zoos. Der nämlich war sehr schön!«

Nach dem wenig erbaulichen Abgang ihres Schlagzeugers machten Jo und Sven erst mal ihrem Ärger Luft. Sie wussten aber nur zu gut, dass Habbos Talent am Schlagzeug in Ostfriesland nicht zu ersetzen und Habbo selbst, an weniger stressigen Tagen, auch ein guter Freund war.

»Hast du hier Internet mit dem Laptop?«, wechselte Jo dann das Thema. »Ich könnte dir mal das Bumsforum mit Geilerfriese21 zeigen. Du kennst dich doch gut aus.«

Sven lachte, »mit Bumsforen?«

»Nee, ich meine, du bist doch Netzwerktechniker. Du weißt doch bestimmt, wie man hinter so ein anonymes Forum kommt.«

»Jo, da brauchst du schon einen Wisch vom Staatsanwalt, sonst rücken die nicht raus, wer sich im realen Leben hinter Nicknames und IP-Adressen versteckt. Wahrscheinlich sind solche Daten beim Anbieter des Forums selbst auch gar nicht gespeichert. Es sei denn, sein Angebot ist kostenpflichtig. Dann braucht er ja Daten, um abzurechnen. Aber bei 'nem einfachen öffentlichen Forum? Da haben alle Beteiligten viel zu viel Schiss vor Datenlecks. Außerdem, was soll der Betreiber mit den Realnames der Mitglieder? Nee, da musst du schon mit den IP-Adressen der Besucher zu den jeweiligen Internet-Service-Providern. Das kann aber nur die Polizei«, stellte Sven die Problematik dar. »Ich bin auch kein Hacker, der da illegal wo rein spazieren kann, falls du diese abenteuerliche Hoffnung hegen solltest.«

Constanze schlief schon eine Weile. Ihre Atmung war ruhig und entspannt und flößte Jo ein Gefühl großer

Harmonie ein. Er hatte sich dicht an sie geschmiegt und den Arm um sie gelegt. Eine Strähne ihres Haars kitzelte bisweilen an seiner Nase. Zwar war auch Jo todmüde, aber in der verletzten Hand pochte es wieder stärker. Das Gitarrenspiel am Abend hatte den Schmerz nicht gerade gelindert. Noch stärker aber als die Hand hielt ihn vom Einschlafen diese seltene nächtliche Stimmung ab, die er so lange wie möglich aufzusaugen gedachte. Seine Sinne waren längst erschöpft und wollten abschalten. Jo aber weigerte sich, denn dem Schlaf würde ein nüchterner Montagmorgen folgen und Constanze und ihn pronto zurück in den Alltag katapultieren. Jetzt aber lagen sie bei geöffnetem Fenster nackt unter der leichten Sommerdecke, während draußen ein paar Katzen lautstark um die Vorherrschaft auf den Dächern stritten.

Constanze atmete ruhig und entspannt und auch der fröhliche chinesische Klingelton um halb drei ließ die Schlafende völlig unbeeindruckt. Jo griff seine neben dem Bett auf dem Boden liegende Jacke, knüllte den Stoff vorsichtig zusammen, so dass er das Handygeräusch darin dämpfte, und schlurfte mit dem Packen aus seinem wunderbaren Zustand der Entrückung gerissen in die Küche.

»Weißt du eigentlich, wie spät es ist, du Irrer?«

Der Anrufer war Sven.

»Ja, schon spät, weiß ich wohl«, antwortete der ungerührt.

Jo stieß sich den Kopf an einer Deckenschräge.

»Ich weiß, wann und wo du Geilerfriese21 treffen kannst«, kam Sven sofort zur Sache. »Und zwar nächsten Sonnabend in Bremen, bei der Hexenwerk & Fetisch Nacht.«

»Bei was für 'ner Nacht?«

»Da ist eine Fetisch-Dance-Party im Tivoli. Hexenwerk & Fetisch Nacht. Gothic, Lack und Leder und so.«

»Und woher weißt du, dass er da hingeht?«, fragte Jo.

»Der geile Friese 21 ist echt mies in deutscher Rechtschreibung und außerdem ist er ein Troll.«

»Sven, ich hab schon geschlafen«, schwindelte Jo, »ein bisschen weniger rätselhaft bitte, wenn möglich.«

»Ein Troll ist einer, der sich im Internet benimmt wie Wildsau, einer, der asozial rumpöbelt, in Foren, Chats und Kommentaren. So in die Richtung geht auch Geilerfriese21. Er stand bei dollart-fuck.de kurz vorm Rauswurf, würde ich mal schätzen. Mir ist dann aber aufgefallen, dass er häufig Unterstützung bei seinen Attacken bekam. Von einem User, der sich Coastyman nannte. Und jetzt kommen Rechtschreibung und Stil dazu. Beide kackten da im exakt gleichen Stil herum und haben oft auch ganz ähnliche Formulierungen gebraucht. Zum Beispiel die Formulierung ›spar dir die Scheiße für jemand anders auf‹. Das Wort ›spar‹ haben beide mit ›h‹ geschrieben. Oder das Wort ›explizit‹ falsch mit ›ie‹. Ich maile dir gleich ein paar Links zu verschiedenen Beispielen. Aber ich bin mir absolut sicher, dass Geilerfriese21 und Coastyman dieselbe Person sind.«

Sven machte eine Pause. Er war begeistert von sich selbst und seinem Spürsinn, sah sich schon als Dr. Watson an der Seite seines Detektiv-Freundes. Die übertriebene euphorische Stimmung war nicht zuletzt aber auch eine direkte Folge seines Schlafmangels.

»Okay«, erwiderte Jo, »das verstehe ich. Das ist ja ein sehr guter Hinweis. Aber woher weißt du das mit der Fetischparty am Sonnabend?«

»Ich habe zunächst den geilen Friesen einundzwanzig gegoogelt, aber dessen Nickname taucht einzig und allein im Dollart-Fuck-Forum auf. Nachdem mir aber klar war, dass Geilerfriese21 und Coastyman dieselbe Person sind, habe ich dann auch nach Coastyman gegoogelt, und Bingo! Den Coastyman findet man auch anderswo, nämlich im Joyclub-Netzwerk und da hat er vorgestern in einem Thread mitgeteilt, dass er am Sonnabend in Bremen bei der Party dabei sein wird!«

»Joyclub-Netzwerk?« Jo fühlte sich nun doch etwas erschlagen.

»Ich fass das jetzt nochmal in einer Mail für dich zusammen und schick dir auch die verschiedenen Links zu den Beiträgen von diesem Vogel. Du kannst das morgen ja in aller Ruhe überprüfen. Aber du wirst sehen, dass ich Recht habe. Ehrlich, du schuldest mir was Alter!«

Nach dem Auflegen kroch Jo zurück zu Constanze unter die Decke und schlief nach wenigen Minuten ein.

Vater, Tochter, Schneckenkuchen

Den Weg ins Göttberg-Café säumten scheinbar endlos modische Versuchungen und Herausforderungen, streng nach den Erkenntnissen zur Psychologie des Kunden am Point of Sale platzierte Angebote, die darauf warteten, zwischen den Fingern gerieben, aus den Warenständern genommen, vor Brust oder Unterleib gehalten und vielleicht zur Anprobe davongetragen zu werden. Der Weg zu einer Tasse Kaffee im dritten Stock des Modehauses oder einem Kännchen Ostfriesentee und frischem Gebäck führte außerdem über drei quälend langsame Rolltreppen. Der Besuch des Göttberg nur einer kleinen Stärkung wegen hätte darum objektiv betrachtet als zu aufwändig erscheinen können, wäre der auf Gastronomiebetriebe spezialisierten Innenausbaufirma nicht eine überaus bemerkenswerte Arbeit gelungen.

Constanze hatte ein gespaltenes Verhältnis zum Konsumtempel ihres Vaters. Seine Zufriedenheit mit der neusten Attraktion des Modehauses konnte sie dennoch nicht nur gut verstehen, sie merkte sogar, dass sie den Stolz ihres Vaters auf das von ihm konzipierte Projekt teilte. Das Göttberg-Café war keine altbackene heimelige Teestube geworden, sondern im Gegenteil sachlich funktional gestaltet, in warmen Erdtönen, Mokka, Schokolade und Rotbraun, mit weichen lederartigen Polstern, insgesamt ähnlich der Lobby eines exklusiven Hotels. In einer dunklen Ecke stand ein mit dezentem Licht angestrahlter Flügel, an dem bei nächtlichen Shopping-Events ein Barpianist spielen sollte. Hundertmark hatte dabei an Modeschauen vor geladenen und entsprechend solventen Kunden gedacht. Regelmäßig wechselnde Ausstellungen mit Bildern anspruchsvoller regionaler Künstler waren in Vorbereitung.

Die junge Kellnerin stand gelangweilt hinter der Theke und drehte mit den Fingern Locken in ihr Haar. Es war Mittwochvormittag und noch wenig Betrieb. Eine autoritär wirkende ältere Kollegin kam hinzu und wies mit dem Kopf in Richtung des Tisches, an dem Constanze vor einem vollen Becher Kaffee saß und auf ihren Vater wartete. Zögerlich kam das junge Mädchen noch einmal heran, brabbelte eine Entschuldigung für die Umstände und wischte den Tisch, auf dem nicht mehr als ein paar Zuckerkristalle lagen, gewissenhaft ab. Constanze nahm Kaffeebecher und Untersatz vom Tisch und hielt beides so lange in der Hand. Sie bedankte sich und lächelte dem eingeschüchterten Mädchen zu.

Gut gelaunt und voller Elan fegte Hundertmark in diesem Moment herein, rief im Vorbeigehen der Café-Chefin eine herzliche Begrüßung zu und bestellte im selben Atemzug auch gleich Tee und Schneckenkuchen.

Constanze und ihr Vater umarmten sich.

»Oh Schatz! Es tut mir leid, dass du warten musstest. Ich hing am Telefon fest. Ein Streckenposten Jeans mit falsch etikettierten Größen. So ein Nepp, sage ich dir. Fängt man erst mal mit Billigkram an, nichts als Ärger hat man dann«, begründete Hundertmark sein eigentlich kaum nennenswertes, nur wenige Minuten zu spätes Erscheinen.

»Schöne Idee mit dem Kaffeetrinken«, sagte Constanze, »das sollten wir jetzt jede Woche machen. Ist bloß nicht so einfach bei mir. Zeitlich, meine ich. Während der Sommerferien kann Janine auch vormittags mitarbeiten. Aber das ist bald wieder vorbei.«

»Du könntest doch auch regelmäßiger nach Hause zum Essen kommen, damit wir uns sehen«, schlug Hundertmark vor. »Außerdem hat mich deine Mutter neuerdings auf Diät gesetzt. Ohne einen Besuch von dir komme ich so schnell wohl nicht wieder in den Genuss ihrer bewährten Kochkunst.«

Sie redeten ausgelassen über früher, über Anekdoten aus der Zeit, als Constanze noch ein Kind gewesen war und der Vater ein dünner Hering und noch nicht der Chef vom Göttberg. Hundertmark erschien diese Zeit so weit zurück. Erneut bot er seiner Tochter an, für sie einen Teil des Göttberg samt ein oder zwei seiner besten Brands nach gegenüber in ihren Laden auszulagern. Ihr eigenes kleines Reich, relativ unabhängig vom Göttberg und mit Aussicht auf guten Gewinn, malte er ihr begeistert ein Bild vor Augen.

»Best Look – Second Hand macht auch Gewinn«, hielt Constanze locker dagegen. »Mein Gewinn im letzten Jahr war sogar deutlich höher, als ich anfangs erwartet hatte. Ist aber wahnsinnig viel Arbeit so allein, das hätte ich vorher nicht gedacht. Aber mir macht es Spaß, die Kunden sind nett und vor allem interessant. Ich freue mich nämlich, meine Kunden kennenzulernen! Hast du das auch im Göttberg? Wollt ihr eure Kunden kennenlernen? Könnt ihr euch dafür überhaupt die Zeit nehmen? Diesen Freiraum, nicht immer nur an Umsatz zu denken?«

Hundertmark grinste, weil er wusste, dass er seine Tochter nicht überzeugen konnte. Aber am Abend konnte er seiner Frau sagen, dass er es wieder einmal versucht hatte. Vielleicht wäre ihr das einen Braten am nächsten Sonntag wert. Er ahnte allerdings, dass jetzt unweigerlich wieder Constanzes Vortrag über Konsumwahn und menschenverachtende Produktionsbedingungen in der globalisierten Textilindustrie folgen würde. Und mit dieser Ahnung lag er richtig.

Constanze beendete ihren Monolog. »Darum stehen wir kurioserweise irgendwie sogar auf derselben Seite. Du und ich. Du verkaufst teure Sachen, die, hoffe ich jetzt mal, ihr Geld auch wert sind. Und wenn die wirklich haltbar sind und wenn vernünftig damit umgegangen wird, dann bekommen die eines Tages bei mir im Secondhandladen ihr zweites Leben. Jedes Teil, das ich im Laden verkaufen kann, ist ein Schlag ins Gesicht der Billigläden, die versprechen, ein Kind von oben bis unten zum Preis einer Kiste Bier einkleiden zu können.«

»Wahrscheinlich hast du ja Recht. Aber ich will Mode verkaufen und keine Politik machen«, wiederholte Hundertmark sein persönliches Fazit in dieser Frage. »Ich muss leider allmählich zurück ins Büro. Werde jetzt mal den Karl anrufen, ob der die vermaledeiten Jeans für seine Sonderpostenmärkte haben will.«

»Noch was anderes, Papa. Ich habe vor ein paar Tagen Jonas getroffen.«

»Buskohl?«

»Ja, Jo Blueskohl, deinen Gitarre spielenden Kaufhaus-Cop. Eine Mitschülerin meiner Aushilfe Janine hat ihn mit einem Fall beauftragt.«

»Buskohl hat einen Fall?«, lachte Hundertmark laut, herzlich und ohne jede Gehässigkeit. Nein, er freute sich sogar für Jo. Trotzdem fand er die Nachricht äußerst amüsant. »Von einer Schülerin beauftragt! Das ist gut. Da werde ich ihn heute noch nach fragen! Oder sollt ich ›verhören‹ sagen?« Hundertmark entging nicht, dass die Tochter seine Heiterkeit in dieser Sache keineswegs teilte. »Um was dreht sich's denn bei diesem Fall?«, erkundigte er sich deshalb.

Constanze überhörte die Frage. »Hast du nicht ein Büro für Jo?«, fragte sie stattdessen frei heraus. »So eine Detektei muss doch einen richtigen Sitz haben und einen Telefonanschluss und so weiter. Er hat das Gewerbe mit der Adresse seiner Mutter in Nortmoor angemeldet. Das kann doch so nicht bleiben.«

»Ich sag dir was. Jo ist ein prima Kerl, aber umso schneller er diese Schnapsidee mit dem Privatdetektiv Spielen aufgibt, desto besser. Das hier ist Leer in Ostfriesland, verschwundene Katzen bringt die Polizei zurück!«

»Ich wollte ja nur mal fragen. Er selber traut sich das sicher nicht.«

»Hat er das gesagt? Er traut sich nicht?« Hundertmark zog interessiert die Augenbrauen hoch.

»Nee, nee, das hab ich jetzt gesagt«, beteuerte Constanze wahrheitsgemäß.

»Ach Schatz, seitdem das Göttberg dieser Investorengruppe gehört, kann ich auch nicht mehr so frei schalten und walten wie davor. Mal so eben ein Büro unterzuvermieten, für umsonst womöglich, das könnte zum Problem werden. Da muss ja auch ein sichtbarer Briefkasten her und so weiter. Wenn Jo fest angestellt hier arbeiten würde, dann bekäme er natürlich sein Büro. Aber den Sherlock-Holmes-Gewerbeschein zurückgeben, das wird er ja wohl nicht wollen.« Hundertmark sah seine Tochter an und die freudige Ausgelassenheit der letzten halben Stunde war für einen Moment vergessen. »Da kommen jetzt alle zwei Wochen so ein paar Schnösel, frisch von der Uni, nicht älter als du. In ihren maßgeschneiderten Einreihern, schick, paffen draußen E-lektro-Zigaretten und lassen dann hier jeden im Haus ihre Verachtung spüren. Die kannst du mal nach ›Zeit zum Kunden kennenlernen‹ fragen. Ich steh da ganz schön unter Beobachtung und muss öfter mal einfallsreich tricksen, um nicht alle naselang in Hamburg zu Rüffel und Rapport antanzen zu müssen.«

»Oh Pap! Das wusste ich gar nicht, dass es so schlimm geworden ist«, sagte Constanze.

»Papperlapapp«, rief ihr Vater, »abwarten, ich hör mich mal um wegen des Detektivbüros für Jo, okay?« Hundertmark war schon wieder von seinen trüben Gedanken kuriert, lächelte und gab der Tochter noch einen Kuss auf die Wange, bevor er ging. »Seid ihr eigentlich zusammen, du und Jo?«

»Ach was, nein! Wir sind nur Freunde.«

Zur Hexenwerk & Fetisch Nacht

Sie erreichten Bremen nach einer Stunde Fahrt wie berechnet kurz vor acht Uhr. Einlass zur Hexenwerk-Party sollte ab neun sein. Sie hatten also eine Stunde, um die örtlichen Gegebenheiten genauer zu inspizieren, sich aufzuteilen und an strategisch sinnvollen Punkten zu positionieren. Sie nahmen die Abfahrt Hemelingen und fuhren auf dem Zubringer in die Stadt. Wenige Minuten später waren sie am Ziel. Constanze rupfte das Ladekabel von Wiebkes Smartphone und gab ihr das Telefon nach hinten. Der Akku war nun immerhin wieder halb voll.

Ihr am Vorabend besprochener Plan sah vor, dass sie mit den Handys zunächst alle Autos fotografierten, die mit Leeraner Kennzeichen rund um das Tivoli auftauchten, und zu notieren, wo diese Autos parkten. Außerdem wollten sie, solange es noch hell war und nur wenn dies, ohne aufzufallen, möglich war, auch die Insassen fotografieren. Coastyman hatte im Internet als seinen Heimatort Leer angegeben. Wenn damals im Dollart-Fuck-Forum die Einundzwanzig in Geilerfriese21 Coastymans tatsächliche Altersangabe gewesen war, dann suchten sie also nach einem Mann, der jetzt etwa dreiundzwanzig Jahre alt sein musste. »Mann«, etwa dreiundzwanzig, aus Leer«, das waren die drei Anhaltspunkte, über die sie verfügten. Leider hatte Coastyman in seinem Joyclub-Posting nichts darüber geschrieben, ob er allein oder in einer Gruppe hier sein würde.

»Jo, glaubst du wirklich, dass wir den Typen heute Abend ausfindig machen?« Constanze sprach die Frage aus, die sich Blueskohl bereits den ganzen Nachmittag und auch noch während der Fahrt gestellt hatte.

Und wenn ja? Was sollten sie dann tun? Coastyman zurück bis nach Leer verfolgen? Ihn vor Ort überwältigen und die Polizei rufen? Oder selber Coastyman mit dem Mord an Okka konfrontieren und befragen? Für dessen Beteiligung an dem Verbrechen gab keinen Hinweis. Die Polizei hatte ihn vor zwei Jahren offenbar nicht für den Täter gehalten. Oder doch? Schließlich kannten sie die Akten zum Fall nicht. Vielleicht war er ein Verdächtiger gewesen? Vielleicht war er aber auch durchs Raster gerutscht und nicht weiter aufgefallen? Alles Fragen, auf die sie in ihrer Runde am Vorabend schon keine Antworten gefunden hatten.

Svens gestriger Begeisterung zum Trotz hatte Jos Zuversicht bei dieser Aktion mit jedem Kilometer auf der Autobahn gelitten und gerade den Tiefpunkt erreicht. Er ärgerte sich über seine Zweifel. Wo zum Geier hatte er abgehangen, als der Optimismus in der Welt verteilt worden war?

»Glaubst du, dass wir Coastyman treffen werden?«

»Constanze, ich weiß es nicht«, antwortete Jo ruhig und sachlich. »Wenn man es realistisch sieht, dann sind unsere Chancen, hier was zu erreichen, nur mittelprächtig. Und dass Sven ausgefallen ist, macht es auch nicht grad leichter. Aber ich finde, ein wenig besser als die berühmte Stecknadel im Heuhaufen sieht's schon für uns aus.«

Constanze bemerkte, wie Jos professionelle Ernsthaftigkeit ihr zur rechten Zeit Vertrauen gab. »Ja, echt Mist mit Sven«, stimmte sie ihm zu.

Sven hatte am späten Nachmittag einen Anruf seines Arbeitgebers erhalten. In der Fabrik hatten sie technische Probleme, die Produktion war gestoppt und sein üblicherweise freies Wochenende damit gestrichen.

»Hoffentlich ist Coastyman kein pickliger Siebzehnjähriger, der jetzt in diesem Augenblick hinterm Elternhaus mit der kleinen Schwester noch 'ne Runde Tischtennis spielt und im Internet immer nur alle verarscht hat!«, witzelte Constanze, halb im Ernst, halb mit Galgenhumor.

»Oder ein notgeiler alter Bock, der's Haus schon lang nicht mehr verlässt!«, gab auch Wiebke ihren Senf dazu.

Jo spürte intuitiv, dass er sich und die Frauen motivieren musste. »Ich geb's ja zu. Ich habe schon gehofft, wir könnten nach der Pleite am Schweinchenstrand nochmal per Mail in Kontakt mit ihm treten. Das ist sicher kein so gutes Zeichen, dass er die ganze Woche nicht geantwortet hat. Aber jetzt sind wir hier und nun versuchen wir auch unser Glück. Ich schätze mal, wenn maximal sechshundert Gäste zur Party kommen und davon hoch gegriffen fünf Prozent aus Leer, und wenn in jedem Wagen durchschnittlich zwei Personen sind, dann sind das am Ende nur fünfzehn Autos, die wir finden müssen. Das wird doch wohl zu schaffen sein.«

»Genau!«, sagte Wiebke.

»Außerdem gehe ich davon aus, dass Coastyman, Geilerfriese21 oder wie auch immer der wirklich heißt, kein gefährlicher Psycho ist. Wir stünden garantiert heute Abend nicht hier, wenn ich der Meinung wäre, dass er Okkas Mörder ist.« Jo sah zunächst Wiebke und dann Constanze lang ins Gesicht. Er hoffte, den beiden ihre

Bedenken etwas genommen zu haben. Dabei war dies auch für ihn ein unbekanntes Terrain.

Die Gegend um das Tivoli war trist. Die gelb gestrichene Fassade des ehrwürdigen Gebäudes strahlte in der Abendsonne wie ein einzelner von kunstfertiger Hand in einem Schwarz-Weiß-Bild aufgetragener Farbtupfer. Der historische Bau hatte zwei Eingänge, rechts zum Rockschuppen Aladin, in dem Jo schon einige erinnerungswürdige Konzerte besucht hatte, und links daneben zum Tivoli. Die Straße, die vom Autobahnzubringer herführte, traf in einem spitzen Winkel auf das breit aufgestellte Gebäude und mündete in die mit etwas Versatz links und rechts weiterführenden Abzweigungen einer Querstraße. Vom Tivoli aus gesehen mussten sie also drei mögliche Richtungen im Auge behalten.

Insgesamt waren die Parkmöglichkeiten rund um den Veranstaltungsort bescheiden. Da sie aber früh dran gewesen waren, hatten sie Jos Mazda problemlos noch im Hof rechts neben dem Komplex abstellen können. Es gab zwei weitere Parkplätze in der näheren Umgebung, die beide klein und leicht überschaubar waren. Darüber hinaus blieben ortsnah nur vereinzelte Parkmöglichkeiten an den Straßenrändern übrig, von denen die Hälfte zumindest tagsüber ein Verwarngeld kosten würde.

Wiebke sollte die Zufahrtsstraße wieder ein Stück zurücklaufen. Dort mussten alle Fahrzeuge aus Leer vorbeikommen. Außerdem war dort eine der beiden öffentlichen Parkflächen. Jo wollte der Querstraße nach links folgen, wo sich hinter einem Bahndamm der andere Parkplatz befand. Constanze würde an der Einfahrt zum Hof postiert sein und zusätzlich den rechten Verlauf der Querstraße kontrollieren.

Punkt neun öffnete sich die Flügeltür des Tivolis. Die Security-Leute zündeten sich gut gelaunt Zigaretten an. Weiter geschah die nächsten zwanzig Minuten nichts, was Constanze frustriert am Telefon sowohl Wiebke als auch Jo mitteilte. Die Anspannung stieg und keiner von ihnen konnte oder wollte die eigene Ungeduld noch verbergen. Dann endlich meldete Wiebke zum ersten Mal ein an ihr vorüber gefahrenes Auto mit ›LER‹-Kennzeichen und auch vor dem Eingang des Tivolis tat sich was, denn dort tauchten zu Fuß die ersten kleinen Grüppchen ausnahmslos in Schwarz gekleideter Partygäste auf.

Der von Wiebke angekündigte Wagen bog vor dem Tivoli nach links ab und fuhr Jo praktisch in die Arme. Drei attraktive Mädchen stiegen aus. Wenig von dem, was die jungen Frauen anhatten, hätte man im Göttberg kaufen können. *Sehr bedauerlich*, dachte Jo, dem der Abend plötzlich besser zu gefallen begann. Eine der Frauen, mit aufgetürmter pechschwarzer Frisur, trug ein ärmelloses schwarzes Minikleid aus glänzendem Latex. Ihre blassen tätowierten Brüste drangen aus dem Dekolleté. Die beiden anderen Mädchen waren eingeschnürt in schwarze Korsagen. Eine hatte eine schwarze Leinenbluse darunter, die andere ein dünnes Nylonteil und darunter sichtbar den Büstenhalter aus schwarzer Spitze. Beide trugen schwarze Tüllröcke, die in bauschigen Fetzen bis auf den Boden hingen. Obwohl die drei in einiger Entfernung von ihm den Parkplatz verließen und Richtung Tivoli liefen, atmete Jo einen Moment den schweren Duft ihrer Parfüms ein, der nicht zu diesem Sommerabend passen wollte. Er überlegte, ob er ihr Autokennzeichen überhaupt fotografieren musste. Wenn sich aber die Leeraner Gäste der Party untereinander kannten, so war es möglich, dass Coastyman hin und zurück in unterschiedlichen Fahrzeugen mitfuhr. Also machte er das Foto.

Der Parkplatz füllte sich sowohl mit Blechkarossen als auch mit Leben. Aus einem aufgeklappten Kofferraumdeckel drang Musik und es wurde getrunken und gekifft. Als der letzte freie Platz belegt war, bezog Jo endgültig oben an der Straße Stellung. Doch kein weiteres Auto mit Leeraner Kennzeichen kam in der folgenden Stunde in Sicht.

Jos Handy klingelte. Es war Constanze. Sie klang aufgeregt.

»Jo, besser, du kommst mal her!«

»Was ist denn los?«

»Ich habe eben mit Wiebke telefoniert. Ich habe gehört, wie sie während des Telefonats die Leute angesprochen hat, eher schon angepöbelt, und Wildfremde nach Geilerfriese21 und Coastyman gefragt hat!«

»Scheiße, im Ernst?«

»Da stimmt doch was nicht mit der! Jo! Ich fühle mich verantwortlich für das Mädchen. Kommt bitte und beeil dich!«

Inzwischen war es dunkel geworden. Am Ende der Straße, zur Hälfte noch von einem anderen Haus verdeckt, konnte Lukas Fischthaler das angestrahlte gelbe Gebäude schon ausmachen. Vor einer Fußgängerampel blieb er kurz stehen. Er ließ zwei Autos durch und ging bei Rot weiter. Er kam an einem kleinen Parkplatz vorbei. Nur noch etwa hundert Meter an einer Grünanlage entlang, deren Größe hinter trennendem Zaun und Buschwerk er im Dämmerlicht nicht abschätzen konnte, dann hatte er das Tivoli erreicht. Der warme Wind strich sanft über seine rasierten Beine. Er trug hauteng anliegende Shorts aus einem elastischen Synthetikmaterial, weichem Leder ganz ähnlich und mattschwarz. Unter der Hose zeichnete sich sein Geschlecht deutlich ab. Dazu trug er ein durchsichtiges Kurzarmhemd aus schwarzem Netz mit einer breiten Druckknopfleiste. Es fühlte sich befreiend an, das Outfit in der Öffentlichkeit zu tragen, die Piercings in seinen Brustwarzen, die er seit Kurzem erst hatte, zeigen zu können, sich so zu bewegen, so feiern zu können.

Lukas Fischthaler war allein. Er fühlte sich dennoch heute Nacht glücklich und unbeschwert. Beschwipst von der Lust am Leben benötigte er darum etwas Reaktionszeit, um zu verstehen, was die Stimme hinter ihm rief. Er zögerte, seinen Gang zu unterbrechen, aber das Mädchen überholte ihn und versperrte ihm den Weg. Dann schrie es ihn an und ihm war sofort klar, dass sich Schwierigkeiten anbahnten.

»Coastyman? Bist du Coastyman?«

Was wollte diese Frau von ihm?

»Oder Geilerfriese21?« Sie schrie jetzt wie von Sinnen. »Bist du das?«

Er antwortete nicht und drehte sich weg. Sofort sprang sie um ihn herum, stand wieder dicht vor ihm und sah ihn an. Er wollte ihr jedoch nicht ins Gesicht sehen. Er kannte die Frau nicht. Er wollte sich verbergen. Woher wusste sie, wer er war?

Der Gefühlsumschwung traf ihn wie ein Hammerschlag. Binnen Sekunden spürte er, wie in seinem Inneren die Panik in zwei, drei Wellen eskalierte. Ohne Vorwarnung krallte er seine Hände in die Aufschläge ihrer Jacke und riss sie seitwärts zu Boden. Dann rannte er. Das Tivoli im Rücken rannte er zurück ins Dunkel, fort von dem freundlichen Licht am Ende der Straße, fort von der Party, die eben noch ausgelassene Stunden versprochen hatte. Seine schweren Stiefel hallten über die um diese Uhrzeit nur noch wenig befahrene Straße. Er floh, so schnell er konnte. Hinter sich aber hörte er immer lauter ein Keuchen. Das war nicht mehr das Mädchen. Das war ein Mann. Ein Verfolger! Ein Verfolger, der offensichtlich aufholte!

Als Jo das Tivoli fast erreicht hatte, verlangsamte er kurz sein Tempo auf normale Gehgeschwindigkeit. Er stemmte die Hände in die Hüften, um durchatmen zu können. Vor dem Eingangsbereich hatten zahlreiche Gäste beschlossen, die Party nach draußen zu verlegen. Keine fünfzig Meter trennten Jo noch vom Getümmel, als er Constanze am Rande neben einer Vampirfrau mit weißem Gesicht, Strapsen und zerrissenen Netzstrümpfen entdeckte. Ein durchdringender Aufschrei aus der Ferne unterbrach abrupt für einen kurzen Moment das fröhliche Geschnatter der Menge. An diesen Schrei schlossen sich augenblicklich wüste Beschimpfungen an, die trotz der Distanz gut zu verstehen waren. Constanze und Jo hatten keinen Zweifel, dass Wiebke die Verursacherin des Aufruhrs sein musste.

»Hol dir den Mistkerl!«, zischte Constanze, als Jo noch ein Pfund drauflegte und an ihr vorbeizog.

Wiebke saß auf dem Bürgersteig. Ihr ging es offenbar gut. Sie rief dem vorbeifliegenden Jo etwas zu. »Das ist er!«

Der Unbekannte vor ihm wurde schon langsamer. Die Distanz zwischen ihnen schmolz schließlich dahin wie eine Kugel Eis unterm Schneidbrenner. Als Jo den Mann erreichte, war sein Tempo so überlegen, dass der Bodycheck, mit dem er den deutlich kleineren Fischthaler zu Fall brachte, unerwartet heftig ausfiel. Fischthaler brüllte martialisch etwas Unverständliches, stolperte dann, überschlug sich auf dem Gehweg und rollte in einen Maschendrahtzaun hinein. Dort blieb er schwer keuchend liegen. Sein fragiles Outfit war hinüber.

»Schönen Gruß von dollart-fuck.de!«, keuchte Jo und reichte dem am Boden Liegenden die Hand. »Na komm wieder hoch.« Es war ihm unangenehm, dass der Mann halbnackt vor ihm im Staub lag.

Mit einem »Hau ab, du Wichser!« gab der Mann am Boden jedoch klar zu verstehen, sich genau dort noch ein paar Minuten erholen zu wollen. Aus einer Gürteltasche holte er ein Papiertaschentuch und hielt es sich unter die Nase, obwohl Jo im fahlen Licht einer verdreckten Gartenleuchte kein Blut erkennen konnte. Als Constanze und Wiebke dazukamen, unternahm er einen zweiten Versuch.

»Los, nun komm schon. Wir haben ja nur ein paar Fragen und dann bist du uns wieder los«, sprach Jo und reichte Fischthaler erneut die Hand. »Tut mir leid, dich umgeworfen zu haben. Aber, na ich weiß auch nicht. Ist vielleicht von beiden Seiten her jetzt nicht so toll gelaufen.«

»Was wollt ihr von mir?« Fischthaler ließ sich von Jo hochziehen. »Ihr verwechselt mich!«

»Meinst du? Das glaub ich nicht.« Jo fand sich schnell zurecht in seiner neuen Rolle. »Wir suchen jemanden aus einem Internetforum.« Dann verschärfte er den Ton. »Der hat da unter den Nicknames ›Geilerfriese21‹ und ›Coastyman‹ geschrieben. Und das bist doch du gewesen oder etwa nicht?«

»Was ist das für 'n Scheiß? Das bin ich nicht gewesen! Ich hab keine Ahnung, wovon du da überhaupt redest!« Fischthalers wütende Antwort fiel lautstark aus, obwohl er immer noch um Luft rang.

»Ich glaub dir Arsch kein Wort!«, schrie ihm Wiebke aufgebracht entgegen, worauf Jo sie ermahnte, ruhig zu bleiben.

»Ich bin Privatdetektiv. Jonas Buskohl«, sagte Jo und versuchte dabei, einschüchternd zu wirken. »Wir sind wie du aus Leer. Ich ermittle hier im Fall einer vor zwei Jahren am Dollart verschwundenen Frau.«

»Meine Schwester!«, unterbrach Wiebke und schubste Fischthaler rabiat mit beiden Händen gegen den Maschendrahtzaun. Constanze drängte Wiebke daraufhin zurück und flüsterte ihr etwas ins Ohr, in der Hoffnung, sie endlich zu beruhigen.

»Ich denke, du hast mit dieser Frau vor ihrem Verschwinden auf der Website dollart-fuck.de in Kontakt gestanden.« Jo zog den nachhaltig verschreckten Mann am Oberarm in die Gehwegmitte. »Komm, lass uns ein bisschen gehen, wo es heller ist.«

»Ich weiß nichts von einer verschwundenen Frau.«

»Und warum bist du dann weggelaufen? Als sie«, Jo deutete auf Wiebke, »dich angesprochen hat?«

Lukas Fischthaler blieb diese genau wie die Antworten auf die folgenden Fragen schuldig. Sie trotteten gemeinsam aufs Tivoli zu, wo die Party vor dem Eingang immer besser in Schwung kam. Sie hielten jedoch Abstand und bogen rechts in die Querstraße ein.

»Ich weiß nicht, wie es euch geht, aber ich hab ziemlichen Hunger.« Sie waren an einem Döner-Imbiss angelangt. Die anderen drei sahen Jo ungläubig an.

»Du willst jetzt echt 'nen Döner essen?«, fragte Constanze, als Jo bereits Fischthaler dezent doch wirkungsvoll und unnachgiebig die zwei Stufen zur geöffneten Eingangstür hinaufschob.

Die jungen Männer hinter dem Tresen grinsten, als sie den *offensichtlich Perversen* in seinem lädierten freizügigen Partydress hereinkommen sahen. Jo bugsierte ihn in dem engen schlauchförmigen Raum in die hinterste Ecke, wo sie ihn gemeinsam so hinter einem Stehtisch einkeilten, dass an Flucht nicht zu denken war. Sie bestellten zwei Döner, einen Bauernsalat, drei Cola und für Fischthaler eine Dose Mineralwasser. Die Getränke wurden sofort gebracht.

Jo legte sein Handy auf den Tisch. »Wenn die Döner kommen, ruf ich die Polizei an. Dann können wir in Ruhe aufessen, bis die Cops da sind, um den hier mitzunehmen.« Mit dem gekrümmten Zeigefinger deutete er dabei auf ihren Zeugen.

»Was soll die Scheiße? Ich hab doch nichts getan«, protestierte Fischthaler und warf ihnen böse Blicke zu. Er öffnete die Wasserdose und trank sie in einem Zug halb leer. »Ja, ich war da im Forum«, begann er leise, »ich habe da unter diesen Nicks geschrieben. Das stimmt. Aber ich weiß nichts von deiner Schwester. Nur das, was in der Zeitung stand. Mein Beileid für dich«, stammelte er an Wiebke gerichtet.

»Erklär das den Bullen. Vielleicht glauben die den Quatsch ja sogar«, machte Jo weiter Druck und wandte sich zum Tresen. »Entschuldigung, dauert das lang' mit den Dönern?«

Constanze drehte den Kopf zur Seite, damit niemand ihr Grinsen sah. Die Art und Weise, wie selbstbewusst und cool Jo plötzlich redete, gefiel ihr gut.

»Ich hab da mal so, so Geschichten gehört«, erklärte Fischthaler, der in Begriff war, seine Strategie zu ändern.

»Was für Geschichten?«, hakte Wiebke sofort nach.

»Die Frau«, stotterte er, »deine Schwester. Das war ein Unfall, hab ich gehört. Die waren verabredet gewesen. Zum Rummachen in den Dünen. Vor zwei Jahren ging das ja noch jedes Wochenende da ab.«

»Wer war mit wem verabredet?« Jos Tonfall klang messerscharf.

»Das weiß ich doch auch nicht!«, jammerte nun der Coastyman.

»Du warst doch dabei!«

»Nein, nein. Ich war da nicht dabei.«

»Was soll das für ein Unfall gewesen sein?«

»Die haben da ein Video gemacht. Zwei Männer und die Frau. Anfangs sollen auch Zuschauer dabei gewesen sein.« Ihr Gefangener griff wieder zum Wasser und trank einen Schluck. »Das ist dann aus dem Ruder gelaufen und einer der beiden Männer ist voll ausgetickt.«

Constanzes angewiderter Blick traf Jo, der keine Miene verzog.

»Wer waren diese Männer?«

»Ich weiß das nicht«, druckste Coastyman herum und ließ den Kopf hängen.

Auf einem Tablett wurden Döner und Salat gebracht.

»Gute Party im Tivoli?« Der Mann vom Imbiss lächelte.

»Ja, ist spitze, wir gehen gleich wieder rüber«, gab Constanze keine ganz wahrheitsgemäße Auskunft.

»Das waren fast immer Urlauber da am Dollartstrand. Selten, dass man da jemanden zweimal traf.«

»Also bist du doch da gewesen!«, fauchte Wiebke und ernte dafür einen strengen Blick von Jo.

»Nun lass ihn mal reden.«

»Das ging ja so richtig nur zwei Sommer lang. Die Leute haben sich übers Forum verabredet. Wenn's Wetter schön war, dann ging's rund. Ich bin auch ein paar Mal hingefahren. Ja, das stimmt. Aber mehr nicht! Und schon gar nicht war ich bei der Sache dabei, nach der ihr da fragt!« Er machte eine Pause. »Es hieß, eine Nutte sei zu Tode gekommen.«

Beim Wort »Nutte« befürchtete Jo, Wiebke würde wieder in die Luft gehen und sah zu ihr rüber. Doch über Wiebkes blasses Gesicht rannen dicke Tränen.

»In der Zeitung stand nur, dass eine Frau vermisst wurde.« Coastyman erschien nun geradezu redselig. »Es hielt sich das Gerücht, die Frau sei irgendwo in den Dünen verscharrt, doch die Polizei hat sie auch mit Spürhunden nicht finden können. Im Sommer drauf war's dann vorbei mit dem Schweinchenstrand. Da ist keiner mehr hingefahren.«

Ein älterer Mann betrat den Imbiss. Er rief den beiden Jungen hinter dem Tresen eine Begrüßung zu und schaute dann lange auf die Gäste am Stehtisch hinten in der Ecke, bevor er um den Tresen herumging. Der Mann verschwand mit den beiden Angestellten in der rückwärtigen Küche, wo ein lautstarker Streit entbrannte, dessen Inhalt Jo und den anderen verborgen blieb, da diese Auseinandersetzung auf Türkisch geführt wurde.

Jo kaute zu Ende und kam dann zum Thema zurück. »Hast du das alles auch bei der Polizei ausgesagt?«

»Nein, ich hab nie mit der Polizei gesprochen.« Fischthaler kippte den Rest Wasser aus der Dose die Kehle hinunter.

Einer der beiden jungen Türken kam an ihren Tisch und bat darum, sie abkassieren zu dürfen. Er machte eine Geste, die man als Entschuldigung deuten konnte, und forderte sie dann freundlich auf, jetzt bitte sofort zu gehen.

Sie zahlten und steuerten dem Ausgang entgegen. Der alte Mann mühte sich gerade mit einer riesigen zweiteiligen und mit einem Scharnier verbundenen Dönerwerbung ab, die er vom Bürgersteig umständlich durch die Eingangstür hereinhievte.

Jo war froh, dass sich die Situation in den letzten zwanzig Minuten zunehmend entspannt hatte. Dennoch sagte ihm sein Bauchgefühl, dass sie Coastymans Widerstand keineswegs überwunden hatten. Dessen bereitwillige Auskünfte der letzten Minuten hatten diesen Anschein zwar erwecken sollen, Jo aber war sich sicher, dass der noch so einiges vor ihnen verbarg. Coastyman hatte längst nicht alles ausgeplaudert. Sie waren noch nicht fertig mit ihm.

Was Jo dann völlig überraschend traf, war der Schlag von hinten, den Fischthaler mit wie zum Gebet gefalteten Händen seinem Genick verpasste. Obwohl der Schmerz nicht überaus heftig war, sorgte der unkontrollierbare Selbstrettungsreflex dafür, dass Jo den Kopf blitzartig einzog und erschrocken zu Boden ging. Geilerfriese21 türmte. Mit Gewalt zwängte er sich im Eingang an altem Mann und sperrigem Werbeaufsteller vorbei und verschwand in der Dunkelheit. Der greise Türke donnerwetterte. In der knochigen Faust, die er zwecks Untermalung seiner Verwünschungen, die angsteinflößend waren, auch wenn man sie nicht verstand, über den Kopf gereckt hatte, zwischen krummen rheumatischen Fingern, hielt er Coastymans kleine Gürteltasche. Er hatte sie ihm abgerissen.

Der Mörder muss gehen

»Wer weiß schon, wo oder was der gerade einlocht.«
Das unverkrampfte Lächeln stand keineswegs im Widerspruch zu der Andeutung, ihr Mann würde vermutlich unterwegs sein, nicht zuletzt um irgendwo herumzuhuren. Ganz selbstverständlich betrachtete Buchinsky es als völlig normal, dass diese Frau dankbar für jede Minute war, die sie nicht mit ihrem Mann verbringen musste.

Renate Waultmann kniete in ihrem kleinen Flecken Garten und versuchte, in einem verwilderten Beet mit den bloßen Händen Platz für eine bislang im Topf darbende Himbeerpflanze zu schaffen.

»Markus kommt wirklich erst heute Abend zurück?«
Buchinsky befand sich in einem Dilemma. Er hatte am Morgen einen höchst beunruhigenden Anruf erhalten. Er hatte darauf ein paar Schnäpse getrunken und sich dann auf den Weg gemacht, sich dessen bewusst, dass es wahrscheinlich war, dass Waultmann wieder durchdrehen würde. Doch der Vorfall mit dem Detektiv machte ihm nicht weniger Sorgen als Waultmanns gewalttätige Ausraster. So gesehen war seine Erleichterung begrenzt und er war zwiegespalten, als Renate erklärte, dass ihr Mann seit einer halben Stunde fort war und angeblich nach Wiesmoor auf den Golfplatz wollte.

»Wirklich erst heute Abend?«

»So waren seine Worte. Was weiß ich, wann er kommt. Willst du ihn etwa anrufen?« Renate Waultmann stand auf und rieb sich den Dreck von den Knien. »Kann ich dir vielleicht was anbieten. Ein Bier?«

»Ich muss Markus wirklich dringend sprechen. Du kannst dir wohl denken, um was es dabei geht.« Buchinsky merkte, wie ihm schwindelig wurde. »Renate, wir brettern hier alle zusammen gegen die Wand! Das ist unausweichlich, wenn wir nichts unternehmen! Vielleicht ist es auch schon zu spät. Ich weiß es nicht. Eine Riesenscheiße ist das alles!«

»Bitte nicht so laut hier in meinem Garten!«

Unentwegt musste er über diese verdammte Sache nachdenken. Und er sah zunehmend klarer, dass sich die Dinge ungut entwickelten und wie übel angeschlagen er bereits durch den Ring taumelte. Er saß fast nur noch angetrunken zu Hause und wartete darauf, dass sie ihn holen würden. *Knock-out! Ende! JVA! Beihilfe zum Mord? Gemeinschaftlicher Mord?* Wie konnte einem bei diesen Gedanken nicht schwindelig werden? Oder die Schnäpse von eben taten ihre Wirkung erst jetzt.

Buchinsky schwankte ein wenig. »Ein Bier wäre gut.«

Sie gingen ins Haus und Renate holte ein Jever aus dem Kühlschrank. Sie öffnete die Flasche und reichte sie ihm. Mit der von der Gartenarbeit schmutzigen Hand strich sie ihm über die Wange, stellte sich auf die Zehenspitzen und beugte sich vor. Renate Waultmanns Kuss war sanft und warm auf seinem Mund.

»Was kann man denn wohl noch unternehmen?«, flüsterte sie.

Er sah ihr ins Gesicht, aber er fand keine Worte. Im Sommer vor zwei Jahren, als alles aus dem Ruder lief, hatte Waultmann seine Frau eines Tages gedrängt, Buchinsky den Schwanz zu lutschen. Mit Ende fünfzig war

Renate Waultmann noch immer eine bemerkenswert attraktive Frau. Wollte sie, dass sie beide nach oben gingen?

»Keine Panik, entspann dich. Ich will nicht mir dir schlafen.«

Er ließ sich auf die Couch fallen und zog an ihrer Hand, bis Renate sich zu ihm setzte.

»Du solltest besser deine Koffer packen und verschwinden.« Der Klang ihrer Stimme war voller Melancholie.

»Was meinst du mit verschwinden?«, fragte Buchinsky.

»Du hast es doch selbst gesagt. Wir gehen mit Markus zusammen unter, wenn kein Wunder geschieht. Darum, hau ab Buchinsky! Solange die Zeit noch reicht.«

Auch wenn ihr Mann ihn wegen des Anrufs vermutlich erneut zusammenschlagen würde, war Buchinsky doch in der Hoffnung hergekommen, dass Markus Waultmann wissen würde, was nun zu tun sei. Und jetzt sagte sie, er solle seine Koffer packen und verschwinden?

Buchinsky hatte das Gefühl, sein Kopf würde bald platzen.

»Mich hat vorhin jemand angerufen«, deckte er den Grund seines Kommens auf. »Ich kenn nicht einmal seinen richtigen Namen. Ein seltsamer Junge ist das. Du bist ihm auch begegnet. Er war dabei am Strand. War sogar mit drauf auf dem Video. Hat mich die nächsten Tage auf dollart-fuck.de mit sogenannten ›Privaten Nachrichten‹ zugeschissen. Wollte wissen, ob ich das Video gelöscht hätte. Gelöscht habe ich dann meinen Zugang zum Forum. Da war's vorbei mit den Mails. Aber weißt du, was dann passiert? Der macht ein paar Wochen später einen Ausflug hier ans Große Meer, sieht mich, folgt mir und steht plötzlich vor meiner Tür. So kann's gehen!«

»Hast du das Video gelöscht?« Renate Waultmann hatte ihren Mann diese Frage schon einige Male an Buchinsky richten hören und sie kannte die immer gleiche Antwort. Anders als Markus unterschätzte sie ihn aber nicht.

»Hast du das Video gelöscht?«, wiederholte sie ihre Frage, als er den Blick abwandte und durch die offene Terrassentür auf den See hinaussah.

»Was denkst du denn?«, schnaubte er. »Dass ich den Kopf hinhalte für deinen wahnsinnigen Mann?« Er schaute sie wieder an, verzweifelt. »Ich hab vor den Augen dieses Jungen die Speicherkarte der Kamera gelöscht und verbrannt. Der Junge war zufrieden. Dein Mann war zufrieden, wenn er danach fragte. Alles gut. Aber konnte ich denn sicher sein, dass sie nicht irgendwo meine Spuren finden? Dort am Strand oder an der Toten selbst, wenn die doch mal auftaucht? Ja, ja und nochmal ja! Ich habe mir eine Kopie gemacht. Als Absicherung, dass sie nicht am Ende mir den Mord anhängen!«

»Oder du wolltest Waultmanns erpressen, wenn finanziell mal schlechte Zeiten kommen?« Renates Blick war frech und herausfordernd.

»Um Gottes willen! Nein!«, schrie Buchinsky.

»Ich glaub dir ja«, flüsterte sie wieder, damit auch er seine Lautstärke wieder drosselte.

Eine Zeitlang schwiegen beide. Er legte seinen Arm um sie.

»Ich geh zur Polizei«, sagt sie dann. »Ich will, dass das endlich aufhört. Aus und vorbei. Reinen Tisch machen und auf Nimmerwiedersehen.«

Buchinsky drückte sie etwas fester an sich. »Wir gehen dann beide mit in den Knast. Ist dir das bewusst?«

»Das sehe ich so nüchtern«, antwortete sie. »Markus wird da nicht mehr lebend rauskommen. Höchstens als Greis noch. Aber für mich ist das eine Chance. Wenn ich das durchgestanden habe, dann kann ich nochmal anfangen. Darum sage ich dir das ja, damit du was einpacken kannst und abhauen. In einer Stunde bist du in Holland, am Abend in Frankreich und morgen kannst du schon in Spanien sein.«

Sie holte ihm noch ein Bier.

»Betrunken werde ich aber nicht weit kommen«, ulkte Buchinsky sarkastisch mit einem müden Ausdruck im Gesicht. »Ich habe hier ein Haus, das mir gehört. Ich will nicht weg! Als ich Reißaus genommen hab vor den Russen, da war ich jünger. Da hatte ich nichts, was nicht in ein paar Taschen gepasst hätte. Das war auch nicht die Polizei, die mich damals gesucht hat. Ich kann doch jetzt nicht ein Leben auf der Flucht beginnen. Für einen Mord, den ich nicht begangen habe!«

Er legte den Kopf in den Nacken und sprach apathisch gegen die Decke. »Vielleicht hätte ich es ja verhindern können« sinnierte er. »Ich weiß es nicht. Das ist seitdem ein böser lähmender Traum ohne jede Aussicht auf ein glückliches Erwachen. Völlig ausgerastet ist das reiche Schwein Waultmann, der feine Pinkel. Ich dachte nur, jetzt ein falsches Wort und der bringt dich auch noch um. Was sollten wir beide denn machen? Was sollte ich machen mit dem toten Mädchen?«

»Sie hier im Großen Meer zu versenken, war jedenfalls nicht gerade die Idee des Monats!« Renate Waultmann lachte.

Sie lachte erst vorsichtig verhalten. Als Buchinsky nach kurzem Zögern einstimmte, lachten sie beide schließlich schallend, bis sie begannen, sich erneut zu küssen.

Nach einer Weile fiel Buchinsky das Telefongespräch am Morgen wieder ein. »Wenn du zur Polizei willst, dann solltest du besser in die Puschen kommen. Der Junge, der mich angerufen hat, der hat am Wochenende von einem Privatdetektiv eins in die Fresse gekriegt. Hat ihm aufgelauert, der Detektiv, und Fragen gestellt zum Schweinchenstrand und dem verschwundenen Mädchen.«

»Wie konnte der ihn ausfindig machen?«

»Keine Ahnung. Aber es kommt noch schlimmer. Die waren zu dritt und es war ein Mädchen dabei, das gesagt hat, dass sie die Schwester der Toten ist.«

»Um Himmels willen!« Renate sprang vom Sofa auf und begann im Raum umherzulaufen.

Buchinsky griente. Als sie bei ihrem Auf und Ab wieder das Sofa erreichte, griff er nach ihrem Arm und hielt sie fest. »Der Junge war klug genug, den Schnüffler zu verarschen und bei der erstbesten Gelegenheit das Weite zu suchen. Sonst säßen wir nämlich schon in Aurich in U-Haft und Markus wär jetzt nicht im Puff oder beim Einlochen auf dem Grün.«

Renate Waultmann riss sich los und setzte ihre Runden rund um die Sitzgarnitur fort.

Plötzlich blieb sie stehen. »Markus fährt übermorgen für zwei Tage zurück. Er muss in die Firma und hat einige Termine in der Stadt.« Sie sah Buchinsky eine Weile an. »Sag mir bitte, wenn du denkst, dass ich jetzt durchknalle.« Nach einer kurzen Pause sprach sie weiter. »Wir fahren auch nach Hannover. Mit deinem Wagen. Verstecken uns am Abend im Haus und warten, bis er kommt. Er hat eine Waffe in seinem Arbeitszimmer. Er glaubt, ich wüsste das nicht. Aber die Putzfrau hat sie hinter seinen Büchern gefunden und hat mir das Ding gezeigt. So ein alter abgegriffener Karton. Sogar mit vergilbter Gebrauchsanweisung drin. Walther, Modell irgendwas. Verrückt ist das! Sein Vater hieß auch Walther. Welch eine Ironie, habe ich gedacht. Markus' Vater war ganz anders als er. Der war oberanständig und kreuzbieder.«

Buchinsky stellte nach Schnäpsen und inzwischen drittem Bier auf leeren Magen ein leichtes vormittägliches Besoffensein fest. Das hatte ihm zunächst auch ganz gut getan, aber jetzt sank er immer tiefer in die weichen Sofakissen.

»Buchinsky, sag mir, wenn ich aufhören soll!«

»Ach nöö, nur zu. Ist die gute Absicht, die zählt. Ist doch sowieso alles egal jetzt«, brabbelte er im Sofa, halb sitzend, halb liegend.

»Stell dir vor. Die Polizei findet heraus, dass Markus das Mädchen umgebracht hat. Nur ist der Waultmann da schon selber tot und kann nicht mehr befragt werden! Ist einem Verbrechen zum Opfer gefallen. So ist das mit der Gerechtigkeit! Schicksal. Kam spät am Abend vom Geschäftsessen nach Hause, weinselig überrascht er Fremde in seinem Haus, handelt töricht, greift die Einbrecher an, die ihn dann mit seiner eigenen Waffe erschießen.«

»Aufhören! Aufhören! Aufhören!«, skandierte Buchinsky und schauspielerte dabei eine fröhliche Volltrunkenheit. Dann wurde er ernst. »Wenn, dann musst du hier am Großen Meer bleiben. Du musst unter Leute gehen, gesehen werden. Wenn die Bullen das mit den Einbrechern nicht hundert Prozent schlucken, dann bist du automatisch verdächtig!«

»Schmieden wir hier jetzt einen Mordplan?«, fragte Renate und setzte sich vor Buchinsky auf den Couchtisch. »Geht das zu schnell? Müssen wir das länger planen?«

»Du kannst ja googeln, wie man vorgeht bei so was.«

»Das Video? Kannst du das schneiden? So, dass nur noch Markus und das Mädchen darauf zu sehen sind?«

»Das ist sicher das kleinste Problem«, antwortete Buchinsky matt.

Renate sah plötzlich alles ganz deutlich vor sich. »Die Leute, die dabei waren am Strand, die haben alle zwei Jahre lang stillgehalten. Wenn der Mord jetzt aufgeklärt wird, Markus als der Täter überführt ist, dann ist doch endgültig der Druck aus dem Kessel. Die Polizei hat ihren Erfolg, die Angehörigen können ihren Frieden machen. Dann kommen wir, wenn es gut geht, alle davon. Kein Gefängnis für irgendwen. Noch nicht einmal für Markus, die Drecksau.«

Sie setzte sich wieder zu Buchinsky auf die Couch, legte ihren zierlichen Oberkörper auf seiner Plauze ab und ließ die Füße übers Armteil baumeln. Jetzt durfte ihnen nur die Polizei oder der Privatdetektiv mit den Ermittlungen nicht zuvorkommen.

Am Abend dieses Tages rief Renate Buchinsky an. Es war kein richtiges Gespräch und dauerte nur wenige Sekunden. Sie hatte ihren Mann ausgefragt, wo er den Tag verbracht hatte und das hätte sie besser gelassen. Sie schniefte heftig und bekam schlecht Luft, als sie ins Telefon nur einen Satz hauchte.

»Ich wollt, er wär schon tot.«

Buchinsky war am Nachmittag noch nicht wieder so nüchtern gewesen, dass er für die Fahrt nach Riepe das Auto hätte nehmen können. Also war er zum Markant geradelt, um dort Haushaltshandschuhe, CD-Rohlinge, Briefumschläge und Briefmarken zu kaufen. Außerdem hatte er noch ein bisschen Proviant für die Fahrt nach Hannover mitgenommen.

Nach Renates Anruf schaltete er den Rechner an. Er stutzte, als er sich bei dem Gedanken ertappte, wie fremd er sich in seiner Haut jetzt war. Der USB-Stick, den er sonst hinter einem defekten losen Einbaustrahler in der Deckenvertäfelung deponiert hatte, lag vor ihm neben der Tastatur.

Den eigentlichen Mord zeigte der Film nicht. Trotzdem mochte er die Datei noch nicht öffnen und begann zunächst nach dem Privatdetektiv aus Leer zu recherchieren. Er fand keine Homepage aber einen Eintrag im Google-Branchenbuch. Es war eine Handynummer angegeben und eine Adresse in einem Ort, der Nortmoor hieß. Termine nach Absprache. Buchinsky zog sich die blassgelben Handschuhe aus hundert Prozent Naturlatex an und öffnete die Verpackung mit den beschreibbaren CDs. Er steckte den Stick in eine freie USB-Buchse. Auf dem Bildschirm öffnete sich ein Fenster. Er klickte die Videodatei an.

Waultmann lag mit der jungen Frau auf einer Decke. Er knetete ungestüm ihre Brüste. Er kam voll in Fahrt. Sagte keinen Satz mehr, in dem nicht ein Wort wie Ficken, Fotze, Schwanz oder ähnliches vorkam. Ein anderes Paar stand neben der Decke und sah den beiden zu. Die andere Frau wichste ihren Begleiter. Deren Gesichter waren im Video jedoch nicht zu sehen. Waultmann rief nach seiner Frau. Renate kam ins Bild und kniete sich hinter ihn und streichelte ihm Nacken und Schulterpartie, während er, wie er mehrfach laut ausrief, die »Nuttenspalte« fingerte. So ging es eine Zeitlang weiter. Dann endlich vögelte Waultmann das Mädchen und Renate tätschelte ihn dabei. Sie schaute seltsam teilnahmslos in die Ferne und vermied den Blick in die Kamera. Waultmann verlangte plötzlich von Renate, sie solle die andere Frau küssen. Renate kroch auf allen vieren um ihn herum. Die Frauen küssten sich leidenschaftslos. Ein junger Mann kam ins Bild, öffnete seine Shorts und spielte an sich herum. Waultmann griff seiner Frau in den Nacken und drängte sie, dem Jungen einen zu blasen. Dabei schnauzte er Buchinsky an, mit der Kamera immer dicht draufzuhalten.

Buchinsky konnte sich gut erinnern, dass er eifersüchtig gewesen und sich furchtbar erbärmlich vorgekommen war.

Waultmann vögelte weiter das Mädchen. Die Stimmung war schon in diesem Moment angespannt, rückblickend sogar unheilvoll. Markus Waultmanns lautstarker und pausenloser Vulgärmonolog war das Einzige, was durch die Windgeräusche hindurch den Weg auf die Tonspur des Videos fand. So streckten sich die Minuten, bis auf einmal Renate den Jungen rabiat von sich stieß. Sie ließ sich seitwärts in den Sand fallen, trat dabei ihren Mann mit dem Fuß kräftig in die Nierengegend und mit einem leisen Aufschrei begann sie zu schluchzen. Ab hier dauerte das Video nur noch etwa fünfzehn Sekunden. Waultmann, mit hochrotem Kopf, ließ von dem Mädchen ab und schlug Renate von oben mit der Faust ins Gesicht. Ihre Nase blutete augenblicklich stark. Es folgte ein wildes Durcheinander und Geschrei. Man konnte das andere und inzwischen aus dem Bild verschwundene Paar noch ein paar Augenblicke lang schimpfen hören. Dann waren die beiden offenbar fort. Auch das Mädchen wollte weg und griff sich seine Klamotten. Okka schrie Waultmann an und nannte ihn ein krankes Arschloch.

An dieser Stelle hatte Buchinsky vor zwei Jahren die Kamera zugeklappt und endete der Film vom Schweinchenstrand.

Er wählte einen etwa einminütigen Ausschnitt, auf dem Waultmann und das Mädchen gut zu erkennen waren, beide auch in gestochen scharfer Großaufnahme, und brannte den fertigen Clip auf den zuvor eingelegten CD-Rohling. Renate hatte das Video zunächst direkt der Polizei schicken wollen. Er war aber der Ansicht gewesen, dass trotz aller Vorsichtsmaßnahmen, die er zu treffen gedachte, es besser sei, wenn die CD durch möglichst viele Hände ginge, bevor sie am Ende in der Kriminaltechnik auf Spuren untersucht würde. Er adressierte den Umschlag darum an »Detektei Jonas Buskohl«. Buchinsky schrieb linkshändig in großen ungelenken Lettern. Den verwendeten Einwegkuli würde er auf dem Weg nach Hannover aus dem Autofenster werfen. Er verschloss den Umschlag, klebte zwei Marken drauf und packte den Brief in eine Plastiktüte. Dann zog er die Latexhandschuhe wieder aus, fuhr den Computer runter und ging ins Bett. Für einen angehenden Mörder fiel er rasch in einen unerwartet erholsamen Schlaf.

Blueskohls neue Bleibe

Der Schlüssel zwischen Hundertmarks Daumen und Zeigefinger hatte sich ausgesprochen widerwillig und überhaupt nur mithilfe mehrerer Sprühstöße Silikonöl ins Zylinderschloss der Stahltür einstecken lassen. Nach langen Jahren an einem im Keller des Göttberg befindlichen Schlüsselbrett streikte das abgeriebene kleine Stück Messing nun offenbar.

»Soll ich mal versuchen?«, fragte Sven.

Constanze verkniff sich das Grinsen, denn dass ihr Vater sie tatsächlich wegen eines möglichen Büros für die Detektei angerufen hatte, war keine schlechte Überraschung gewesen. Sie wollte ihren alten Herrn jetzt nicht verärgern.

Hundertmark, Sven und Constanze standen vor einem hingeduckten Häuschen, das im Schatten der rückwärtigen Göttberg-Fassade am Rande des weiten Parkplatzes ein unscheinbares Dasein fristete. Der Bau war kaum größer als eine Einzelgarage, aus schmutzig rotem Klinkerstein und hatte ein spitzes Dach mit moosbewachsenen Tonziegeln. Die Wände waren mit lausigen Graffiti überzogen. Ein wahrer Schandfleck.

»Aber brech den Schlüssel nicht ab!« Hundertmark trat zur Seite und sah zu, wie Sven, möglicherweise mit durch jahrelanges Bassspiel gestählten Fingern, den Schlüssel relativ mühelos im Schloss drehte.

Durch die Tür, die sich mit einem leisen Knarren öffnen ließ, schlug ihnen der typische Modergeruch klammer mit Gerümpel angefüllter Abstellräume entgegen. Hundertmark holte ein kariertes Taschentuch aus dem Jackett. Mit beiden Händen durchtrennte er einen Vorhang aus staubigen Spinnweben im Türrahmen, rieb sich anschließend manieriert die Hände ab und ging voraus.

Nuancen von Lackfarbe und Lösemittel, etliche Dosen standen auf einem Regal an der Wand, und von Öl, Ratte und Maus würzten die abgestandene Luft zusätzlich. Hundertmark ärgerte sich in diesem Moment, dass er vorab nicht die Zeit gefunden hatte, allein herzukommen, um zumindest die Fenster zu öffnen.

Durch das trübe Glas zum Parkplatz drang erstaunlich viel Licht in den kümmerlichen Raum. Vor dem Fenster in der gegenüberliegenden Wand ragte dagegen im Abstand von nur einem Meter die graue Betonwand des Nachbargebäudes empor. Neben unterschiedlichen Gartengeräten standen ein museumsreifer Rasenmäher und eine Schubkarre im Raum. Ein Dürkopp-Fahrrad mit gerissener Kette und platten Reifen lehnte rechts an der Wand. Zwei schwere hohe Schränke, handwerklich geschickt zu Kleintierställen umgebaut und immer noch mit Stroh in den Buchten, bildeten den rückwärtigen Hintergrund des gesamten Ensembles.

»Als ich in der Lehre war, musste ich die Kaninchen vom alten Göttberg füttern, wenn er zur Messe oder im Italienurlaub war«, ließ Hundertmark die beiden anderen an einer seiner Erinnerungen teilhaben.

Constanze hatte Sven gebeten, an der Besichtigung teilzunehmen, um zunächst die Meinung des Freundes zu dem kleinen Kabuff zu erfahren. Bei positivem Ausgang des Termins hatte sie Jo anschließend mit dem

Vorschlag überraschen wollen, zumal die Bleibe für die Detektei Buskohl außer Nebenkosten mietfrei gewesen wäre. Doch der erbarmungswürdige Zustand, der sich ihnen darbot, erschien ihr jetzt als das genaue Gegenteil von dem, was man als »Jo einen Gefallen tun« hätte bezeichnen können. Die anfängliche Begeisterung für die Idee ihres Vaters hatte sich für Constanze an diesem Punkt in der stickigen Luft des Raumes aufgelöst. Sie überlegte noch, wie sie das ihrem Vater diplomatisch mitteilen sollte.

»Eigentlich gar nicht übel!«, befand Sven plötzlich und Constanze glaubte zunächst an Sarkasmus. »Ist auch längst nicht so viel Zeug, wie ich schon befürchtet hatte. Und sogar was Ähnliches wie Heizung gibt's hier.« Sven wies auf den Gasofen, der unter dem linken Fenster montiert war.

»Das ist jetzt nicht dein Ernst, oder?« Constanze war irritiert. »Ist das jetzt so 'n Männerding?« Sie rollte mit den Augen. »Das soll hier kein Schuppen zum Motorrad Schrauben werden, sondern ein Büro, in dem man Klienten empfangen kann!«

»Und nicht, dass ihr hier mit eurer Band Musik macht!« Hundertmark war fast ebenso überrascht von Svens positiver Reaktion und freute sich darüber ungemein. Unzählige Male war er bereits gefragt worden, wann er die kleine Baracke endlich abtragen lassen würde. Aber jeden Morgen ließ der kleine Bau, wenn er hinter dem Göttberg das Auto abstellte, einen kurzen Moment in seinen Erinnerungen die alten Zeiten auferstehen. Darum hatte er den Abriss bisher nicht übers Herz gebracht.

»Nichts für ungut, Herr Hundertmark, aber unser Probenraum ist das Hilton gegen das hier. Trotzdem, den Boden mit OSB-Platten auslegen und Teppich drauf, die Wände mit Styropor und Gipskarton verkleiden, spachteln, 'ne nette Trompete drauf gekleistert. Fertig ist der Lack. Ich kann mir das gut vorstellen. Und die Innenstadtlage ist doch ideal.«

»Trompete?«, wunderte sich Constanze.

»Alter Handwerkerwitz von meinem Vater.«

»Der Jonas könnte hier mit den ertappten Ladendieben auf die Polizei warten. Das würde dem Göttberg dabei helfen, unliebsame Aufmerksamkeit in diesen Fällen zu vermeiden«, dachte Hundertmark laut nach.

»Mensch Papa! Kreisen deine Gedanken immer nur ums Göttberg?«

»Nee, ganz im Gegenteil. Ich denk nach, wie ich das plausibel begründen kann, damit das Göttberg den notwendigen Innenausbau hier bezahlt.«

Constanze strahlte. »Das wäre ja super, wenn du das hinkriegst!«

»Conny mein Schatz, ich bleib dabei. Je eher Jonas das Detektivspielen wieder aufgibt, desto besser. Diese kindische Spinnerei hat keine Zukunft.«

»Herr Hundertmark, wie hat das hier eigentlich früher ausgesehen?«, unterbrach Sven Constanze und ihren Vater. »Ich mein, der Rasenmäher und die ganzen Gartensachen. Wer hat damit und vor allem wo gearbeitet?«

»Ja, ich zum Beispiel! In meiner Lehrzeit!«, platzte Hundertmark heraus. »Das öffentliche Leben spielte sich damals doch vor dem Göttberg ab und nicht dahinter. Da gab's damals keine breite Fußgängerzone. Da fuhren die Autos stop-and-go vor dem Göttberg und auch auf dem Bürgersteig gab's zu Stoßzeiten kaum ein Durchkommen.« Hundertmark prustete laut auf. »Ich kann mich erinnern, unser Bürgermeister spazierte einmal einfach über die Dächer der geparkten Autos die Mühlenstraße herunter, weil man auf dem Bürgersteig nicht mehr weiter kam.«

»War der betrunken?«, äußerte Sven ungläubig.

»Schon möglich. Aber er war auch ein verwöhnter Bursche aus ziemlich privilegiertem Hause. Mensch, ich rede doch von unserem heutigen Bürgermeister!«

»Was? Der olle rechte Sack?«, konnte Constanze es kaum fassen, was ihr Vater aus seiner Jugendzeit ausgrub.

»Ja genau, der unerbittliche Law-and-Order-Mann! Wer hat den bloß ins Rathaus gewählt? Na ja, das ist eine andere und weniger lustige Geschichte.« Hundertmark sah seine Tochter und Sven an. »Leute, das bleibt bitte unter uns!«

Der Kaufhauschef hatte in der Zwischenzeit einen der Kaninchenverschläge geöffnet, verschloss die Tür nun wieder mit einem Holzstift, drehte sich um und wandte sich zum Ausgang. Draußen wies er mit ausgestrecktem Arm über den Göttberg-Parkplatz nach links auf den benachbarten Komplex aus den Siebzigern und nach rechts, wo sich weitere Parkflächen erstreckten.

»Das waren hier alles Gärten damals. Die meisten Läden nutzten nur das Erdgeschoss. Oben wohnten die Hauseigentümer oder deren Mieter. Da waren ja viele Eigentümer noch selbst Inhaber ihres Geschäfts im Parterre. Die Abende und Wochenenden verbrachten die Leute dann in ihren Gärten. Jeden Samstag wurden da Teppiche geklopft. Es wurde Gemüse angebaut, sogar Hühner wurden mitten in der Stadt gehalten. Göttbergs hatten zu der Zeit aber schon ihre Prachtvilla am Julianenpark.«

Constanze und Sven hörten interessiert zu.

»Nachdem seine Frau gestorben ist, hat sich der Alte über dem Geschäft aber nochmal ein Zimmer eingerichtet. Hat hier seine Grauen Wiener gezüchtet und abends im Garten gesessen. Doch dann ging das allmählich los, dass man die Gärten verkleinert hat, um zusätzliche Parkplätze zu schaffen. Die Geschäfte bekamen nach und nach großzügige Hintereingänge. Als schließlich vorn die Mühlenstraße zur Fußgängerzone wurde, war es auf der Rückseite bald vorbei mit dem im Grünen Sitzen.«

Nachdem sich Hundertmark verabschiedet hatte, besprachen Sven und Constanze die anstehende Entrümplungsaktion. Auf den antiken Rasenmäher hatte Sven bereits ein Auge geworfen. Constanze sah auf die Uhr. Sie musste zurück in ihren Laden, wo Janine sicher schon ungeduldig wartete. Sven wollte noch ein Stück die Fußgängerzone hinauf und in einer Buchhandlung nach einem Geschenk stöbern. Um keine Zeit mehr zu verlieren, nahmen sie als Abkürzung den Weg durchs Göttberg und liefen dort prompt Jo in die Arme, der ihnen im Hauptgang mit zwei furchtbaren Zicken im Schlepptau entgegen kam. Constanze bat Sven, nichts von dem Häuschen hinterm Göttberg zu verraten.

Während sie Jo erzählte, dass sie mit ihrem Vater verabredet gewesen sei, rechtfertigte Jos Bassist ihr scheinbar zufälliges Zusammentreffen mit einem unfassbar attraktiven Hosenangebot, wonach er die Suche inzwischen aber erfolglos aufgegeben habe. Sven bemerkte, wie reichlich mager seine Ausrede war, und leitete schnellstmöglich über zu ihrem Fall.

»Wie sieht's aus? Was Neues zu Coastyman, also known as Geilerfriese21, aka Lukas Fischthaler?«

Jo wollte schon darauf antworten, betrachtete dann aber zunächst nochmal mürrisch seinen Fang. Die aufgebrezelten etwa vierzehnjährigen Teenys hatten eben noch versucht, sich ihren Fluchtweg mit gezieltem Einsatz ihrer Handtaschen freizuschlagen. Jetzt hörten sie mit ihren schrillen Stimmchen nicht mehr auf zu zetern. Er erteilte ihnen wortkarg ein Hausverbot, wohl wissend, dass das völlig nutzlos war, und gab ihnen zu verstehen, sie sollten schleunigst verschwinden, ehe er es sich anders überlegte. Danach wandte Jo sich endlich seinen Freunden zu.

»Ich habe in dem Wohnheim in Münster angerufen. Die hatten da noch so einen altmodischen Gemeinschaftsanschluss auf der Etage. Konnten sich gut an Fischthaler erinnern, weil der sein Theologiestudium vor einem Jahr für die Kommilitonen völlig überraschend abgebrochen hat«, berichtete Jo und schlug vor, vom Hauptgang in eine weniger frequentierte Ecke dieser Abteilung zu gehen.

»Ich verstehe nicht, warum du nicht gleich Montagmorgen zur Kripo gegangen bist. Der Fischthaler hat doch gesagt, dass sie damals nicht mit ihm gesprochen haben. Über den alten Studentenausweis können die Cops doch jetzt ratzfatz seine Anschrift hier im Kreis Leer herausfinden«, tat Constanze nochmals ihren seit dem Wochenende anhaltenden Verdruss kund. Schon am Sonntag hatten sie darüber gestritten, ob Jo mit den in Bremen gewonnenen Informationen und der abgerissenen Gürteltasche, in der sie den Ausweis gefunden hatten, zur Polizeiinspektion in die Georgstraße gehen sollte oder nicht.

»Ich bin doch nicht deren freier Mitarbeiter!«, maulte Jo, der keine Lust hatte, die Diskussion ein zweites Mal zu führen. »Ich glaub auch nicht, dass das Auge des Gesetzes sonderlich begeistert wäre, würden die von unseren Aktivitäten erfahren. Und abgesehen davon, ich weiß längst, wo Coastyman wohnt!«

Jo machte hier eine dramaturgische Pause und wartete auf die Fragen seiner Mitstreiter. Eine einfache Google-Suche hatte genügt, um herauszufinden, dass Lukas Fischthaler 2010 in Papenburg sein Abitur bestanden hatte und aus Vellage im Rheiderland stammte. Seit zwei Tagen schon dachte Jo darüber nach, wie er seine Ermittlungen nun fortsetzen sollte. Die Wahrheit war, dass er sehr wohl darüber nachgedacht hatte, die Ergebnisse ihrer Recherche den Cops zu überlassen. Doch war ihm das wie Aufgeben vorgekommen. Und warum überhaupt sollten sie an dieser Stelle die Flinte ins Korn werfen? Sie hatten sich die Beine in den Bauch gestanden, im Dauerregen keinen trockenen Faden mehr am Leibe gehabt, ein Hund seine Hand im Maul, sie hatten kleine Schubser ausgeteilt und eingesteckt. Wirklich gefährlich war das alles nicht gewesen. Auch wenn ihnen der Durchbruch noch nicht gelungen war, so kamen sie doch Schritt für Schritt voran. Neben diesen fachlichen Erwägungen wusste Jo noch einen anderen gewichtigen Grund, warum er nicht zur Polizei gehen wollte. Seit dem Treffen zwischen den Kartons im Lager des Secondhandladens hatte er nämlich den Eindruck, dass Constanze ihn in der Rolle des Privatdetektivs mit anderen Augen sah. Und diese anderen Augen fühlten sich verdammt gut an.

»Bei unserem nächsten Schlagabtausch mit Geilerfriese21 bin ich auf jeden Fall mit dabei!«, durchbrach Sven das kurze Schweigen.

Dann gab Constanze ihrer Neugier endlich nach. »Und woher weißt du, wo er wohnt?«

Jo grinste. »Es gibt da gleich mehrere Artikel auf OZ-Online. Nach dem Abitur ist Coastyman nämlich ein Jahr in Südamerika gewesen und hat in der Entwicklungshilfe gearbeitet. Über seine Erfahrungen dort hat er in mehreren Beiträgen in der Ostfriesen-Zeitung berichtet.«

»Aber wann quetschen wir ihn weiter aus?« Svens Enttäuschung darüber, dass er das vergangene Wochenende statt in Aktion in Bremen unter Schreibtische kriechend in der Fabrik verbracht hatte, schmerzte ihn offensichtlich immer noch.

»Ich bin mir nicht sicher, ob wir uns gleich wieder an Fischthaler hängen sollen. Ich denke, es schadet nicht, wenn wir dem eine kleine Verschnaufpause gönnen.« Die Antwort ihres Chefdetektivs war ganz und gar nicht nach Svens Geschmack, doch Jos anschließende Ausführungen klangen überzeugend. »Coastyman hat in Bremen gesagt, dass es vor allem Urlauber waren, die sich am Schweinchenstrand vergnügt haben. Okkas Leiche vom Dollart mitzunehmen und sie im Großen Meer, das nicht mal einen schlappen Meter tief ist, zu versenken, könnte auf einen ortsunkundigen Täter weisen. Auf jemanden, der im passenden Zeitraum am Großen Meer Urlaub gemacht hat.«

»Wer da Urlaub macht, weiß doch eigentlich, dass der See flach wie eine Pfütze ist«, merkte Sven trotzdem kritisch an.

»Oder aber es hat mit Ortskenntnissen gar nichts zu tun. Sondern Okka hat beim Verlassen des Dollarts noch gelebt und ist erst am Großen Meer getötet worden«, gab Constanze zu bedenken.

»Ja, das stimmt schon. Fischthaler hat davon gesprochen, dass am Ende des Sommers das Gerücht im Umlauf war, die Frau sei am Strand umgebracht und verscharrt worden. Zumindest der zweite Teil ist falsch, wie wir heute wissen. Aber egal, wie das wirklich gelaufen ist, ich wollte als Nächstes die Strecke zwischen Dollart und Großem Meer abfahren. Ich weiß nicht, ob das viel bringt, aber so Profiler-mäßig erscheint mir das sinnvoll. Und überhaupt wird es jetzt mal Zeit, dass wir uns intensiv beim Großen Meer umschauen.«

»Wie wär's mit gleich heute Abend?«, schlug Sven prompt vor.

»Wenn vor zwei Jahren ein Urlauber den Mord begangen hat, dann ist der über alle Berge. Ob wir also heute Abend ans Große Meer fahren oder am Wochenende, ist da völlig gleich. Heute Abend habe ich außerdem Tanzen«, bremste Constanze energisch dessen Vorstoß.

»Sorry, aber ich bin auch verplant. Meine Mutter hat angerufen. Da ist ein Brief für die Detektei gekommen. Außerdem macht ihr Auto irgendwelche Geräusche beim Bremsen. Dann geht da kein Weg vorbei am obligatorischen Rundgang ums Haus. Und unter drei Tassen Tee Minimum komme ich sowieso nicht wieder weg.«

»Ja, so is dat, wenn man Muddern besucht.« Sven versuchte ein Lächeln, ließ aber enttäuscht die Schultern hängen.

»Mal was ganz anderes.« Jo erinnerte sich an ein Versprechen. »Haben wir im Probenraum noch signierte CDs? Der Briefträger meiner Mutter hat schon mehrfach nach unserem Album gefragt.«

»Kannst du auch bei mir abholen. Das liegt auf'm Weg«, bot Sven an.

»Der Kerl ist nämlich mein ältester Fan! Nicht nur weil er kurz vor der Rente steht. Der kennt mich schon seit meiner Kindheit. Hat dem ›Lütten Joe‹ auf'm Discman Mott the Hoople, Lovin' Spoonful und so 'n Zeug vorgespielt. Später hat er mir auch ein paar Riffs auf der Gitarre gezeigt. Sieht aus wie Johnny Winter, aber in Grau. Als der noch mit dem Fahrrad die Post gebracht hat, war er angeblich ausnahmslos jeden Tag bekifft.«

»Wir alle brauchen Vorbilder«, frotzelte Constanze vergnügt. »Achtung! Kaufhauskönig im Anmarsch«, raunte sie dann und zeigte auf ihren Vater, der die Rolltreppe herabgefahren kam.

Constanze und Jo vereinbarten, am späten Abend zu telefonieren. Dann machten sich die drei wieder auf den Weg respektive zurück an die Arbeit.

Verstörende Realitäten

Renates Haustürschlüssel in Buchinskys Hosentasche hatte sich seiner Körpertemperatur angepasst. Mit schraubstockfestem Griff umklammerte Buchinskys Faust den Schlüssel in der Tasche, so dass der Bart in seiner Handinnenfläche schmerzte. War das ein Ausdruck der Entschlossenheit, das Haus zu betreten, die Pistole an sich zu nehmen, zu warten und den heimkehrenden Waultmann in den Kopf zu schießen? Oder war es ein Symptom der nervösen Angespanntheit im Angesicht der Möglichkeit, heute Abend sein Leben endgültig grandios gegen die Wand zu fahren? *Nicht grübeln, funktionieren,* dachte er.

Maximal eine Minute trennte Buchinsky noch von Waultmanns Stadtvilla. Die Wohngegend war vornehm und außerordentlich ruhig. Hohe Hecken säumten die gepflasterten Bürgersteige. Buchinsky atmete kurz durch, zog sich die Kapuze des schwarzen Pullis über den Kopf und vorne tief ins Gesicht und bog mit hohem Tempo um die letzte Ecke. Auch Waultmanns Straße war menschenleer. Er passierte noch zwei Grundstücke, öffnete dann eine gusseiserne Gartenpforte und schritt durch einen von einem Blätterdach gebildeten Tunnel auf das Haus Nummer sechs zu. Der Schlüssel glitt in das Schloss, nach zwei Drehungen sprang die Tür mit einem leisen Klack auf und er betrat die kühle Eingangshalle.

Renate Waultmann hatte Buchinsky ausführlich instruiert. Nachdem er die mitgebrachten Latexhandschuhe übergestülpt hatte, fand er problemlos neben dem Garderobenständer die kleine Klappe, hinter der sich der Tastenblock der Alarmanlage verbarg. Das Arbeitszimmer war oben. Die Waffe war hinter einem blau-weißen Fachbuch der Betriebswirtschaftslehre deponiert. Er würde sich mit dem Gerät vertraut machen und anschließend geräuschlos einige Zimmer im Haus verwüsten. Er würde Renates Schmuck an sich nehmen. Er würde im Wohnzimmer die Terrassentür öffnen, auf der Terrasse in einer Box Sitzauflagen finden und mit einem mittelschweren Stein aus Waultmanns Feng-Shui-Garten und einer der Sitzauflagen die Scheibe der Tür so leise wie irgend möglich von außen einschlagen. Dann würde er im Wohnzimmer darauf warten, dass Waultmanns Wagen auf dem Kiesbett der Einfahrt deutlich zu hören war. Buchinsky wollte konzentriert agieren, funktionieren wie ein fahrplanmäßiger Zug, wie auf Schienen mit konstanter Geschwindigkeit ans Ziel. Laut Renate war mit ihrem Mann vor zehn nicht zu rechnen, die Wartezeit, diese unvermeidbare Unterbrechung der Aktion behagte ihm daher nicht. Er würde im dunklen Wohnzimmer warten und grübeln müssen, um dann doch ohne Skrupel kaltblütig zuzuschlagen. Sobald er sicher wäre, dass er Waultmann tödlich getroffen hatte, würde er über die Terrasse verschwinden. Denn an Waultmanns Garten schloss sich ein brachliegendes Grundstück mit einem Transformatorenhäuschen und einem Mobilfunkmast an. Dort musste er noch durchs Gestrüpp und in etwa einem Kilometer Abstand auf dem Parkplatz eines griechischen Restaurants stand sein Auto. Ihm war ziemlich flau in der Magengegend.

Anderthalb Stunden, nachdem Buchinsky in Hannover Waultmanns Villa betreten hatte, klingelte am Großen Meer das Telefon, auf das Renate seit einigen Minuten schon über eine geleerte Flasche Wein hinweg unablässig starrte.

Am frühen Abend hatte sie einen langen Spaziergang gemacht. Sie hatte sich am Meerwarthaus einen Eisbecher servieren lassen und war danach mit der Absicht, in einem heiteren Roman die dringend angeratene Ablenkung zu finden, in ihr Ferienhaus zurückgekehrt. Aber statt zu lesen, hatte sie zwanghaft darüber gebrütet, wer ihr auf welche Weise Markus' Tod mitteilen würde. Sie malte sich aus, wie Andrej und Sanja streiten und sich unwillig gegenseitig den Telefonhörer reichen würden. Für wahrscheinlicher aber hielt Renate es, dass nicht ihre Nachbarn sondern ein zynischer Kommissar es übernehmen würde, die frisch gebackene Witwe von dem Verbrechen zu unterrichten, dessen Opfer ihr Mann geworden war. Vielleicht würde die Polizei Kollegen in Ostfriesland bitten, rauszufahren und ihr die Nachricht persönlich zu überbringen. Vielleicht in Begleitung eines Seelsorgers. Vor wenigen Minuten hatte sie sich endgültig entschieden, dass der Anruf eines Hannoveraner Beamten die wahrscheinlichste Variante sei, als das Telefon tatsächlich klingelte.

Renate ließ es eine Weile läuten und versuchte sich zu sammeln. Als sie schließlich den Hörer abnahm und sich melden wollte, konnte sie ihren Namen nicht herausbringen. Ihrem cholerischen Gegenüber am anderen Ende der Leitung fiel das nicht einmal auf. Augenblicklich drangen dessen wilde Schreie und Verwünschungen aus dem winzigen Lautsprecher in Renates Hand durch das bis eben noch außergewöhnlich friedliche Ferienhaus.

»Markus? Bist du das?«, krächzte Renate schließlich kaum hörbar ins Telefon.

»Der liegt im Garten der verfickte Scheißpenner! Hab dem eine Kugel verpasst. Scheißarschloch! Markus Waultmann lässt sich nicht beklauen!« Diese und ein paar ähnlich lautende Formulierungen, staccato vorgetragen, zweimal unterbrochen vom Geräusch des Schnodderhochziehens, waren die Antwort ihres Mannes auf ihre Frage. Dann war er plötzlich nicht mehr am Apparat und Renate hörte zunächst nur noch ein Stimmengewirr im Hintergrund.

Sie kannte den Zustand, in dem sich ihr Mann gerade befand, nur zu gut. In ihrem Kopf hämmerte es. *Wieso lebst du noch?* Aber Waultmann kam nicht zurück ans Telefon.

»Renate? Hallo? Bist du noch dran?« Im Unterschied zu seiner Frau hatte Andrej seinen Akzent nie ganz ablegen können. Das Paar war vor einigen Jahren links von Waultmanns eingezogen. Beide waren an der Staatsoper beschäftigt. Wegen der für Markus Waultmann darum unerklärlichen Herkunft des nachbarschaftlichen Wohlstands hatte Renate sich in der Vergangenheit manch wilde Spekulation über die beiden Russen anhören müssen. Andrej hatte eine eher zerbrechlich wirkende Erscheinung. Er war ein kettenrauchender Künstler und Feingeist, zu dem der in seiner Aufregung nun besonders hart ausfallende Akzent nicht passen wollte.

»Renate? Hallo?«, wiederholte Andrej.

Renate riss sich zusammen. »Was ist da los bei euch?«

»Markus geht's gut. Renate, du musst dir keine Sorgen machen! Hörst du? Er ist vor einer Stunde nach Haus gekommen und hat im Wohnzimmer einen Einbrecher überrascht«, schilderte der Nachbar die Ereignisse in ihrem Haus.

»Markus geht's gut?«

»Ja, glaub mir, ihm ist nichts passiert. Er hat sogar auf den Einbrecher geschossen.« Andrej räusperte sich.

»Wieso hat Markus eine Pistole? Find ich nicht gut in der Nachbarschaft, eine Pistole.«

»Der Einbrecher ist tot?«, unterbrach Renate.

»Nein, ist fort«, erwiderte Andrej, »ist fort durch den Garten. Dein Mann schießt wohl nicht gut. Oder die Waffe, sie taugt nicht. Da ist etwas Blut, aber ist nicht viel. Die Polizei durchsucht die Gärten und Straßen. Aber ist bestimmt weg. Willst du nochmal mit Markus sprechen?«

Renate weinte lautlos.

»Oh je!«, rief Andrej ins Telefon, »geht im Moment nicht. Markus streitet mit zwei Männern der Polizei. Sie wollen Markus die Pistole nicht zurückgeben. Das ist gut!« Renate hörte ihren Mann im Hintergrund wüten. »Ist wirklich alles gut hier. Mach dir keine Sorgen!«

Andrej versuchte, das Chaos um ihn herum zu überspielen. Die ihm unbekannte Frau, Waultmanns Begleiterin an diesem Abend, die, nachdem eine Polizistin ihre Personalien aufgenommen hatte, inzwischen verschwunden war, erwähnte er lieber nicht. Das sollte Renate besser von Sanja erfahren, wenn die Lage sich wieder beruhigt hätte. »Mach dir keine Sorgen!«, sagte er zum Schluss noch einmal.

»Ja, ist gut, mach ich nicht«, gab Renate kraftlos und monoton zurück.

Zur selben Zeit als Waultmanns Immer-noch-Frau, deren Aussicht, in dieser Nacht zur Witwe zu werden, dahin war, auf dem Rand ihrer Couch weit vornüber gebeugt hockte und ihren Tränen und ihrer Verzweiflung freien Lauf ließ, schloss Jonas Buskohl auf dem Fußboden seiner grenzwertig zugemüllten Einzimmerwohnung ein Laptop an und legte die mitgebrachte CD ins Laufwerk ein.

Es war kurz vor zehn. Jo streamte über den Rechner leise einen amerikanischen Radiosender, der »Blues Classics« hieß. Die Tür zum Hausflur war nur angelehnt, denn sie warteten auf Constanze. Sven war nach Jos Anruf sofort aufs Rad gestiegen und schon wenige Minuten später bei ihm eingetroffen. Er rauchte mit ausgestrecktem Arm am geöffneten Fenster und aschte in das Dunkel des darunter liegenden Kellerabgangs. Jo duldete in seiner Wohnung, die eine Kombination aus Gitarrenmuseum, Heimstudio und Junggesellenhöhle war, keinen Zigarettenqualm.

»Das Video kommt von Coastyman, damit wir ihn in Ruhe lassen und uns auf die neue Spur stürzen!« Sven begann, den naheliegenden Gedanken weiterzuspinnen, den er schon am Telefon ansatzweise vorgetragen hatte.

»Nun lass uns erst auf Constanze warten. Die ist ja unterwegs. Dann den Clip ansehen und dann gemeinsam beraten, was zu tun ist«, bat Jo, immer noch vor dem Laptop kauernd, den eifrigen Freund.

»Von wem sonst soll das sein, wenn nicht von Fischthaler?«, erklang eine wohlbekannte Frauenstimme von der Wohnungstür her.

Dort stand die eben genannte, den Rucksack mit ihren Sportsachen lässig über die Schulter geworfen. Sie kam direkt aus der Halle, wo Jo sie bei ihrem Tanzworkshop erreicht hatte.

»Am Wochenende haben wir dem so zugesetzt, na klar, geht dem der Arsch jetzt auf Grundeis.« Die beiden Männer sahen sich an und grinsten wegen der für Constanze wenig typischen Wortwahl. »Der wird sich denken können, dass wir sein Täschchen haben. Gleich am Montag oder Dienstag bringt er also das Video zur Post und liefert seinen Kumpel ans Messer, um die eigene Haut zu retten.« Constanze schloss hinter sich die Tür, bahnte sich den Weg zu Jos heruntergekommenem Ostfriesensofa, legte eine Akustikgitarre beiseite und nahm Platz.

»Moment, langsam!«, sagte Jo. »Vielleicht habe ich am Telefon in der Aufregung ja etwas übertrieben. Doch auf dem Video ist der Mord selbst nicht zu sehen, sondern nur ein älterer Kerl und Wiebkes Schwester beim Sex der, ich sag mal, etwas rabiateren Art.«

Jo hatte die Musik abgestellt und setzte sich nun mit dem Laptop zu Constanze aufs Sofa. Sven schnippte die Kippe in weitem Bogen aus dem Fenster und fläzte sich über das Armteil.

In einem eng gefassten Sinne war der Inhalt des Clips nicht gewalttätig. Trotzdem übermannte Sven und Constanze sofort dieselbe den Hals zuschnürende Beklemmung, mit der auch Jo eine Stunde zuvor bereits Bekanntschaft gemacht hatte, als er sich am Computer seiner Mutter das Video zum ersten Mal angesehen hatte. Nach exakt dreiundsechzig Sekunden herrschte gespenstische Stille im Raum. Das verstörende Geschrei des scheinbar psychopathischen Mannes echote in ihren Köpfen. Constanze strich nach einer Weile mit dem Finger über das Touchpad des Laptops und startete den Film ein zweites Mal. Wortlos sahen sie dem Geschehen noch einmal zu. Dieses Video gab einen Einblick in die Minuten direkt vor der Tat! Darüber bestand nicht der geringste Zweifel. Sie sahen in das fratzenhaft verzerrte Gesicht des Mörders. Okka versuchte, sich die Hände in einer Abwehrgeste schützend vors Gesicht zu halten.

Man konnte nicht erkennen, ob sie es wegen der laufenden Kamera tat oder weil die Bedrohung aus ihrer Sicht bereits real war, weil eine Ahnung in ihr aufstieg, dass dies womöglich nicht gut ausgehen würde. Für einen einzigen Augenblick kurz vor Ende des Clips konnten sie in Okkas dunkle, halb geschlossene und traurige Augen schauen.

Es war ein grausames Paradox. Zwei Jahre nach ihrem Tod wurde Wiebkes Schwester Okka für Jo, Constanze und Sven lebendig, wurde zu einer greifbaren und wahrhaftig existenten Person. Doch untrennbar hiermit verbunden erschütterte die drei Freunde ihr Ohnmachtsgefühl, das Wissen darüber, dass das hübsche Mädchen mit den auffällig vollen Lippen vielleicht nur Minuten nach der Szene, deren Zeugen sie jetzt waren, einen gewaltsamen Tod gestorben war.

»Das können wir unmöglich Wiebke zeigen«, sagte Sven mit brüchiger Stimme.

»Nein, auf keinen Fall«, erwiderte Jo.

»Wenn Fischthaler den Film gedreht hat, was denkt der sich dabei, wenn er uns das schickt? Da ist er doch auch geliefert?« Sven war zurück ans Fenster gegangen und inhalierte tief den Rauch einer neuen Zigarette. »Ist der Mann auf dem Video irgendwie prominent, so dass man den kennen müsste? Der muss sich doch denken können, dass wir ihn sofort wieder ins Fadenkreuz nehmen, um ihn genau danach zu fragen.«

»Es könnte auch sein, dass das Video übers Internet weitergegeben wurde und so in seinen Besitz gekommen ist. Dass er in Bremen also die Wahrheit gesagt hat. Und dass er nur vom Hörensagen von dem Mord weiß und den Mann im Film auch nicht kennt«, gab Jo zu bedenken.

Sven griff zunächst ihre Überlegung davor wieder auf. »Da auf der CD, das ist ihre Schwester!«, sagte er. »Können wir das Wiebke gegenüber wirklich verheimlichen? Und wie lang? Außerdem, es mag unwahrscheinlich sein, aber was, wenn Okka eine Beziehung zu dem Mörder hatte? Er also kein unbekannter Freier war, sondern ein Bekannter? Ein Arbeitskollege oder ein Kunde aus der Spielothek? Ein Nachbar? Vielleicht würde Wiebke den Mann erkennen? Hat Coastyman uns das Video vielleicht deswegen geschickt?«

Jo schüttelte den Kopf. »Weiß nich'. Ich kann mir kaum vorstellen, dass das eine Beziehungstat gewesen sein soll. Die waren beim Sex doch mindestens zu dritt und zum Versenken der Leiche im Großen Meer passt das auch eher nicht. Trotzdem hast du Recht, wir müssen Wiebke damit konfrontieren.« Er überlegte kurz. »Ich kann mir das Video aufs Laptop kopieren. Dann nimmst du die CD mit und versuchst, bei dir am Rechner aus dem Filmmaterial ein oder zwei Porträtfotos von dem Kerl zu extrahieren. Die Qualität müsste aber schon so sein, dass man die Fotos auch vorzeigen kann, um zu fragen, ob jemand den Mann kennt. Meinst du, das ist möglich?«

»Ihr seid doch total bekloppt!«, schrie Constanze plötzlich, die bis dahin immer noch wie gelähmt auf dem Sofa gesessen hatte. »Ich hau hier ab! Das ist einfach nur noch -.« Constanze brach den Satz ab und kämpfte mit den Tränen. »Könnt ihr mir sagen, wie ich heute Nacht noch schlafen soll?«

»Meinst du, das nimmt uns nicht mit?«, zischte Sven ihr nach. Constanze war da bereits auf dem Weg hinaus.

Jo folgte ihr. Er war selber ziemlich angeschlagen. Ein Streit war das Letzte, was sie jetzt gebrauchen konnten. Mit dem Auftauchen des Videos hatten sich die

Umstände radikal verändert. Bislang hatte ein spielerisches Element ihre Ermittlungen bestimmt, dosierte Aufregung und Action, ein bisschen Schiss, ein wohliges Kribbeln. Das war seit heute Abend vorbei. Aufgerissen wie ein Nebel. Der unverstellte Blick auf menschliche Abgründe, auf Wahnsinn und Tod war an seine Stelle getreten. Keiner von ihnen war darauf vorbereitet gewesen.

Constanze schluchzte. »Das muss jetzt vorbei sein. Bitte Jonas! Versprich mir, dass du morgen zur Polizei gehst. Diese Sache ist viel zu groß für uns!«

Sie standen auf dem Flur vor der Wohnungstür und er hielt sie fest in seinen Armen. »Ja, is' gut. Ich bequatsch das noch mit Sven. Aber ich denke, wir fühlen uns alle nicht mehr wohl bei dieser Nummer.« Er wiegte sie sanft. »Nein, noch besser, ich schmeiß Sven jetzt raus und komm dann mit zu dir.« Jo sprach verständnisvoll auf sie ein und die größte Anspannung wich aus Constanzes Körper. Sie drückte sich eng an ihn, was Jo schließlich auf eine nicht so gute Idee brachte. »Morgen ist Donnerstag. Gib uns doch noch das Wochenende. Morgen gleich könnten Sven und ich nach Vellage fahren und Fischthalers Eltern einen Besuch abstatten. Stell dir nur mal vor, es gelingt uns, diesen Fall zu lösen und Okkas Mörder zu überführen. Einen besseren Einstand für die Detektei kann ich mir nicht ausmalen!«

Eigentlich wollte Jo noch anfügen, sollten sie aber in den nächsten vier Tagen nichts Neues zutage befördern, dann würde er am Montagmorgen mit all ihrem Material zur Kripo gehen. Doch dazu kam es dann nicht mehr.

»Du bist so ein blöder Idiot, Jo Buskohl!« Constanze riss sich los und stampfte die vier Stufen zur Haustür hinunter. »Ich fasse es nicht, wie einer so ein Egoist sein kann. Und ich taube Nuss, ich lauf so einem ja auch noch hinterher. Aber das ist jetzt vorbei!« Sie knallte die Haustür, dass die Scheiben im Türrahmen schepperten. Draußen fiel beim Aufschließen offenbar ihr Fahrrad um, dem Geräusch und den sich daran anschließenden Flüchen nach zu urteilen.

Wenn hier jemand jemandem nachgelaufen ist, dann bin ich das, versuchte Jo sich einzureden und kehrte zu Sven in die Wohnung zurück. Zum zweiten Mal an diesem Tag war sein Hals wie zugeschnürt.

Renate Waultmann hatte am späten Abend beschlossen, stündlich sich auf den kurzen Weg zu machen und nachzusehen, ob Buchinsky schon aus Hannover zurückgekehrt war. Dazu hatte sie die Nacht auf der Couch verbracht, hatte eine Countdown-App gestartet und das Smartphone vor sich auf den Tisch gelegt. Die erste Stunde bis Mitternacht hatte sie wegen des Weins tatsächlich schlafen können, aber die anschließenden kurzen Spaziergänge hatten sie jedes Mal erfrischt, so dass sie die nächsten Stunden nur noch gedöst hatte. Auch um eins, um zwei und um drei Uhr war Buchinsky noch nicht zurück gewesen. Als sie aber um vier Uhr morgens aus dem Haus trat, begrüßt vom ersten Vogelgezwitscher des neuen Tages, sah sie bereits vom Hauptweg aus das Licht in seiner Küche. Augenblicklich fühlte sie sich hellwach und beschleunigte ihre Schritte. So schlimm konnte er Gott sei Dank also nicht verletzt sein. Würde er sie für den katastrophalen Ausgang ihrer Unternehmung verantwortlich machen? Sie fürchtete seinen Zorn.

Buchinsky kam auf einem Bein an die Tür gehüpft. Er hatte zuvor am Küchentisch bei einem »Willkommen-zu-Hause«-Bier gesessen, das ihm direkt zu Kopf gestiegen war. Er hatte seit gut zwölf Stunden nichts außer ein paar Keksen gegessen. Renate sah sich die kümmerlichen

Vorräte im Kühlschrank an, die wenig spontan Verwertbares hergaben. Sie schlug ein paar Eier die Pfanne.

»Die Pistole war nich' da. Nur 'n leerer Karton.« Buchinsky hatte sich wieder an den Tisch gesetzt.

»Hast du Schmerzen? Brauchst du Aspirin oder so was?«

»Nee. Lässt sich aushalten. Es pocht vor allem. Ich glaub, Aspirin verdünnt das Blut? Das käm jetzt wohl nich' so gut. Obwohl, bluten tut's ja nich' mehr.«

Sie stellte die Spiegeleier auf den Tisch. »Markus hat am Telefon gesagt, er hätte dich erschossen«, berichtete sie mit brüchiger Stimme und nahm sich den Stuhl über Eck.

»Er hat mich erkannt?«

»Um Himmels willen, nein! Er war voll durch den Wind, er sagte, er hätte einen Einbrecher erschossen! Aber dann ist ein Nachbar rangegangen und hat mir erzählt, dass das Blödsinn ist und der Einbrecher entkommen konnte.«

»Als ich aus Hannover raus war, bin ich auf'n Parkplatz gefahren. Ich war mir nich' mal sicher, ob ich einen Verbandskasten im Auto habe. Ich wollt' mich kurz ausruhen. Ich konnt' auch nich' mehr weiterfahren. Und was dann passiert is'? Ob ich eingeschlafen bin oder das Bewusstsein verloren habe? Ich hab keine Ahnung. Plötzlich war's schon zwei. Das Bein hat nich' mehr geblutet und ich bin zurück auf die Autobahn.«

Buchinsky Hose war steif vom getrockneten Blut. Um den rechten Oberschenkel hatte er mehrere Lagen Mullbinden stramm über den Jeansstoff gewickelt. In einer Schublade fand Renate eine brauchbare Schere. Sie zog ihm seinen Schuh aus und schnitt erst den Verband und dann der Länge nach das Hosenbein auf, wie sie das ein paar Mal in amerikanischen Krankenhausserien gesehen hatte. Auf den ersten Blick sah das Bein schlimm aus. Aber nachdem Renate es von unten nach oben mit einem frischen Geschirrtuch und warmen Wasser gereinigt hatte, blieb eine überschaubare und zum Glück nicht sehr tiefe Wunde übrig.

»Die Kugel hat richtig gepfiffen!«, murmelte Buchinsky, der kurz davor war, erneut einzuschlafen. »Ich weiß nich', ob er mich überhaupt erwischt hat oder ob's 'n Querschläger war.«

»Fertig!«, sagte Renate und betrachtete zufrieden den frischen Verband.

»Der Wagen ist voll Blut. Du musst da 'ne Decke übern Sitz drüberlegen. Bevor das jemand im Vorbeigehen sieht.«

»Ja ist gut. Mach ich gleich. Aber erst mal bringe ich dich ins Bett. Und wenn das mit dem Auto erledigt ist, komme ich zu dir.«

»Du bist 'ne prima Frau, Renate.«

Buchinsky legte einen Arm um ihre Schulter und schraubte sich vom Stuhl hoch. Mit ihrer Unterstützung schaffte er es erst zur Toilette und gelang es ihm anschließend auch, sich am Geländer der Treppe hinaufzuziehen unter die heimeligen Dachschrägen, wo er ins Bett und in einen erholsamen Schlaf fiel, aus dem er erst am frühen Nachmittag wieder erwachen sollte.

Am Wochenende Regen

Wer die Woche über bei hochsommerlichen Temperaturen hatte arbeiten müssen, konnte an diesem Freitagvormittag frustriert zusehen, wie sich die Wolken immer dunkler und bedrohlicher auftürmten. Seit dem Morgen ging es mit dem Sommerwetter erst mal bergab. Jos Stimmung aber litt unter zwei anderen Dingen.

Es quälte ihn, dass er ihren Auftritt mit der Tedeschi Trucks Band so akribisch vorbereitet hatte, vom ersten Kontakt in die USA, den er und nicht etwa ihr Management hergestellt hatte, bis zum Schlussakkord ihres dreißigminütigen Sets, den vorformulierten Dankesworten auf der Bühne und der abschließenden Verneigung vor dem Publikum. Jetzt aber, zwei Wochen vor dem großen Auftritt, blieb er mit der Stimme und auch an der Gitarre weit hinter seinen Möglichkeiten zurück. Er schaffte es nicht mehr, sich auf die Musik zu konzentrieren. Die Fehler in ihren Proben hatten sich gehäuft, die Inspiration war flöten gegangen und wie sollte sie wiederkommen, wenn die Hälfte der Proben ohnehin ausfiel. Er war auf bestem Wege, den Höhepunkt seines Musikerlebens zu vermasseln. Die Tote im Großen Meer war zu einem verdammt unpassenden Zeitpunkt aufgetaucht.

Die andere Sache war, dass Constanze vor zwei Tagen wutschnaubend mit der Tür geknallt und ihr Team verlassen hatte. Oder hatte sie ihn verlassen? Das heißt, sie waren ja noch nicht wirklich liiert gewesen. Also eher einen Korb gegeben? *Oder doch Schluss gemacht? Schlussakkord?* Jo drehte sich gedanklich im Kreis. Musik, Mord, wieder Musik, nochmal Mordfall und, da capo, das Ganze nochmal von vorn.

Er hatte Constanze seit Mittwochabend nicht mehr gesprochen. Er hätte ihr sonst gesagt, *ja*, dass sie absolut im Recht war. Ermittlungen in einem Mordfall gehörten in die Hände von Profis und *nein*, sie waren definitiv keine Profis. Er hätte aber auch versucht, Constanze verständlich zu machen, dass die Detektei nicht funktionieren konnte, ohne Grenzen zu überschreiten, die persönlichen Limitierungen zu überwinden und neu zu definieren. In einem Mordfall ein amateurhafter Stümper von Ermittler zu sein, das mochte beunruhigend sein. Aber solch ein Stümper zu bleiben, ein Leben als Kaufhaus-Cop zu fristen, das war keine hinnehmbare Zukunftsvision. Nicht für ihn und gewiss auch nicht aus ihrer Sicht.

»Was glaubst du? Haben die Bullen Coastyman zur Fahndung ausgeschrieben?«, hatte Sven, den er vorm Eingang des Emsparks abgesetzt hatte, beim Aussteigen gefragt. Sie konnten darüber nur spekulieren.

Jo fuhr vom Einkaufszentrum weiter in die Stadt und stellte sich vor, wie überaus hilfreich ein vertraulicher Kontakt zur Kripo für seine Arbeit sein würde. Dunkel erinnerte er sich an einen Thomas, der das Gymnasium nach der elften Klasse verlassen hatte. War der nicht Polizist geworden?

Mit Sven zusammen war Jo am Vorabend das erste Mal in Vellage gewesen. Fischthalers Elternhaus repräsentierte solide Mittelschicht. Der Garten war penibel gepflegt. Niemand hatte ihnen aufgemacht. Ein größerer Volkswagen hatte unter dem Carport gestanden und sie waren sich sicher gewesen, hinter den Gardinen schemenhafte Bewegungen wahrzunehmen.

Heute Morgen nun hatten sie kaum mehr Erfolg gehabt. Ein bulliger Mann mit tiefen Ringen unter den Augen war nach mehrmaligem Klingeln ums Haus herum vor die Tür gekommen. Sie hatten ihm erklärt, dass sie dringend Lukas sprechen mussten. Sein Sohn sei nicht da, hatte er ihnen geantwortet. Auf die Frage, wo sie Lukas denn erreichen könnten, hatte er sie kurz und bündig angepflaumt, dass er der Polizei bereits alles gesagt habe. Dann war er an ihnen vorbei den kurzen Waschbetonweg zur Straße gegangen, hatte sich an den Rand des Heckendurchgangs gestellt und sie, ohne ein weiteres Wort zu verlieren, mit einer unmissverständlichen Handbewegung zum Verlassen des Grundstücks aufgefordert.

Wenn Fischthaler tatsächlich untergetaucht war, wie Sven vermutete, dann kam das einem Schuldeingeständnis gleich. Aber welche Schuld mochte Coastyman, der geile Friese 21, auf sich geladen haben? Hatte tatsächlich er die Kamera gehalten? War er derjenige, der Okkas letzte Minuten gefilmt hatte?

Die Stechuhr im Göttberg zeigte elf Uhr neunundvierzig an, als Jo auf dem Weg zu den Garderoben war, wo eine Anzugjacke auf ihn wartete. Da er auf eigene Rechnung arbeitete, schrieb er seine Stunden selbst auf und brauchte nicht mit einer Transponderkarte vor dem Gerät herumwedeln. Er trank im Sozialraum noch einen Kaffee und sah dabei aus dem Fenster. Draußen fegten die ersten Windböen umherliegende Pappbecher und Burgerboxen über den Parkplatz und auf die Straße hinaus. Es war Wochenende und mieses Wetter. Das Göttberg würde sich am Nachmittag vor Kunden nicht retten können.

Markus Waultmann war wütend. Seit Mittwoch, als er in Hannover den Einbrecher überrascht hatte, war er nicht eine Minute nicht wütend gewesen. Dass die kleine streberhafte Ärztin, die vom Alter her seine Tochter hätte sein können, sich nicht im Geringsten bemüht hatte, ihnen die Geschichte abzukaufen, dass Renate auf der steilen Treppe im Ferienhaus ausgerutscht war, ließ ihn innerlich noch mehr kochen. Er hatte Renate nach Emden ins Klinikum gefahren, weil sie sich erneut das Fußgelenk verknackst hatte. Außerdem hatte sie ein paar Abschürfungen davongetragen, eine leichte Zerrung im Unterbauch, nichts, was seiner Meinung nach die Aufnahme zur weiteren Beobachtung hatte rechtfertigen können. Angewidert hatte das Medizinerpack zu ihm herübergestarrt. Da war ihm klar geworden, dass Renate die nächsten Tage nicht wieder nach Hause kommen würde.

Zurück am Großen Meer goss es wie aus Kübeln. Waultmann beschloss, nicht erst das Haus, sondern auf direktem Wege das Restaurant anzusteuern. Es war noch vor zwölf, aber er hatte Hunger und hoffte, dass er beim Mittagessen etwas zur Ruhe kommen würde. Er hielt sich die im Foyer des Krankenhauses gekaufte Bildzeitung über den Kopf, als er vom Mercedes in das Restaurant hastete.

Ein betagtes Urlauberpaar saß weit hinten im Raum, schweigsam über seine Teller gebeugt. Beide schienen bereits über die achtzig hinweg. Er taxierte sie und mutmaßte, dass sie in die verschissene Wohnmobilisten-Schublade gehörten. Waultmann fand zwei Sekunden lang Vergnügen an der Schnapsidee, ihnen nach dem Essen zu folgen, um zu sehen, ob sie tatsächlich als gebrechliche Greise der Landstraße in ihrem Reisemobil unterwegs waren. Er verwarf den Gedanken aber und nahm stattdessen vorn im Bistrobereich Platz. Die beiden Grauköpfe und er waren die einzigen Gäste im Restaurant. Musik lief keine. Hinter der Theke polierte ein grinsender Kellner lautlos die restlichen Gläser einer Frühschoppen-Veranstaltung. Das einzige Geräusch im Restaurant war das kraftlose Besteckgeklapper der Alten.

Waultmann blätterte mühsam die dünne Zeitung vor und zurück, deren durchweichte Seiten aneinander klebten. Es dauerte noch eine Weile, bis die bestellten Fischfilets in einer heißen Gusseisenpfanne vor ihm standen. Als Beilagen wurden grüne Bohnen und Salzkartoffeln serviert. Alles war von gewohnt guter Qualität. Als er sich dem dritten und letzten Filet in der Pfanne näherte, öffnete sich die schwere Eingangstür. Für einen kurzen Moment blies der mittlerweile stürmische Wind geräuschvoll durch den Eingangsbereich. Dann war es wieder ruhig. Ein durchnässtes und abgerissen aussehendes Mädchen ging zum Tresen und holte umständlich einen unter der dünnen Jacke nur leidlich vor dem Wetter geschützten Tabletcomputer hervor, hantierte kurz damit und reichte das Gerät dann dem Kellner, der offensichtlich froh über die willkommene Ablenkung war. Waultmann konnte nur Bruchstücke von dem verstehen, was die beiden redeten. Es traf ihn darum völlig unvermittelt, als der Kellner plötzlich in seine Richtung zeigte.

Waultmann ignorierte das zunächst, konzentrierte sich auf den Pannfisch und lud ein großes Stück auf seine Gabel. Als er wieder aufblickte, sahen das Mädchen und der Kellner ihn unverwandt an. Er legte sein Besteck ab, tupfte sich mit der Serviette den Mund, stand auf und ging zu ihnen.

»Entschuldigen Sie die Störung, Herr Waultmann, aber die junge Dame hier hat soeben nach ihnen gefragt.« Der Kellner gab dem Mädchen das Gerät zurück.

»Das hier, das sind Sie doch?«, fragte Wiebke Markus Waultmann, drückte gleichzeitig einen kleinen Knopf an der Seite des Computers und hielt ihm den Bildschirm, der in dem Augenblick wieder hell aufleuchtete, viel zu nah vors Gesicht. Waultmann blinzelte, zog Kopf und Schultern zurück, um etwas erkennen zu können. Er fokussierte auf das unscharfe Foto. Es wirkte bedrohlich. Es zeigte das wutberauschte Gesicht eines Mannes. Sein Gesicht. Und er wusste gleich, woher das Bild stammte.

Wiebke und Waultmann spürten die Anspannung.

»Sind wir denn verabredet?«, fragte Waultmann leise und beugte sich wieder vor.

In diesem Moment wurde die Schwingtür zur Küche aufgestoßen. Der korpulente Koch stand in der Öffnung und bölkte mit donnerndem Organ. »Büst du oll Törf no'nich buten west?« Er war offenkundig mindestens auf den Kellner nicht gut zu sprechen. Als er die Gäste am Tresen sah, ließ er auf Hochdeutsch eine kurze und barsche Rechtfertigung für seinen Wutausbruch folgen. »Draußen fliegt gleich alles über Kopp!« Dann schloss sich die Schwingtür hinter ihm wieder.

Der Kellner reagierte wie angestochen. Hektisch griff er sich eine Regenjacke, die unter dem Tresen bereitgelegen hatte. Er quengelte dabei wie ein zu Unrecht beschuldigtes Kind. Schließlich habe er doch schon die Außenbestuhlung auf der Terrasse neben dem Lokal zur Seite geräumt und gestapelt! Wegen des stärker werdenden Sturms müsse man wohl Tische und Stühle zusätzlich verbinden und sichern. Dann verschwand er mit einem Knäuel Spanngurte in den Händen durch die Vordertür hinaus in den Sturm.

»Wo um Himmels Willen hast du bloß wieder gesteckt?« Hundertmark schnaufte besorgt und besorgniserregend. »Unser Privatdetektiv mit dem Spezialgebiet ›Lingerie‹! Ich hätt man sofort hier in der Abteilung anrufen sollen!«

»Nicht so vorschnell!«, wehrte sich Jo. »Du selber hast mir gestern den Vormittag heute freigegeben. Verabredet war, dass ich von halb eins an im Geschäft sein soll. Ich bin also sogar etwas früher angefangen und bin hier auf dem üblichen Rundgang zu Schichtbeginn.«

Zweifelsohne war die Damenunterwäsche-Anspielung des Kaufhauskapitäns diesmal ungerecht. Jo war es dennoch peinlich, von Hundertmark ausgerechnet wieder zwischen den Dessous angetroffen zu werden.

»Junge, Junge! Constanze versucht dich seit einer Dreiviertelstunde anzurufen! Was ist mit deinem Telefon los? Du sollst auf alle Fälle sofort zu ihr kommen. Es ist wirklich dringend, hat sie gesagt. Irgendwas mit einer Wiebke oder Janine? Ich hab's nicht genau verstanden.«

Jo griff sich links an die Brust, wo sich in der Innentasche des Jacketts sein Smartphone hätte befinden sollen. Aber nichts! Er war vorhin im T-Shirt ins Göttberg gekommen. Das Telefon musste noch im Auto sein.

»Was hat Constanze denn genau gesagt, Walter? Was ist so dringend?«

»Dass ich dir sagen soll, dass du in den Laden kommen sollst, hat sie gesagt. Punkt! So schnell wie irgend möglich! Nun lauf endlich los, Junge. Eine Frau lässt man nicht warten!«

»Wenn du magst, ruf sie bitte an. Ich bin in fünf Minuten da.«

Jo rannte los. Er nahm die normale Treppe, um auf der schmalen Rolltreppe nicht aufgehalten zu werden. Unten im Hauptgang herrschte mittlerweile reges Gedränge. Etwas wirsch schob er mit den Händen voraus den einen oder anderen Kunden beiseite. Auf den wenigen Metern durch die Fußgängerzone peitschte ihm der Regen ins Gesicht.

Als Jo den Secondhandladen betrat, beendete Constanze gerade das Gespräch mit ihrem Vater. Ihr war die Erleichterung anzusehen.

»Was ist los, Conny?«

Sie nahmen sich zur Begrüßung kurz in den Arm.

Dann aber drückte sie ihn wieder von sich. »Wiebke ist auf eigene Faust los, am Großen Meer Leute befragen. Das ist los!« Constanze, die eben noch zuallererst in Sorge gewesen war, ließ ihrem Ärger nun freien Lauf. »Die beiden Mädels sind ja so blöd! So unglaublich blöd! Janine hat vorhin angerufen. Sie ist krank und kann morgen nicht arbeiten. Dabei erzählt sie mir dann beiläufig, Wiebke ist bei ihr gewesen und hat ihr auf dem Handy Fotos gezeigt von einem brutalen Kerl, der was mit dem Mord an ihrer Schwester zu tun hat. Dann hat Wiebke sich Janines Tablet ausgeliehen, die Fotos auf das Teil kopiert und erklärt, dass sie damit heute Vormittag ans Große Meer will. Mal eben 'ne kleine Umfrage starten!«

Jo blickte verlegen. »Ja also, Sven hat ihr tatsächlich zwei Fotos gemailt. Standbilder aus dem Video. Da ist aber sonst nichts drauf zu erkennen. Nur das Gesicht. Dass wir den Mann für den Mörder halten, kann Wiebke unmöglich wissen.« Jo wollte nach seinem Handy greifen, um Constanze die Fotos zu zeigen, die Sven auch ihm geschickt hatte. Aber er erinnerte sich, dass sein Telefon im Auto lag. »Wenn Wiebke zu viele Fragen stellen sollte, war abgesprochen, dass Sven ihr eine harmlose Lüge auftischt. Und ich schwöre, am Montag wollte ich mit dem Kram endgültig zur Polizei. Wiebke hat keine Ahnung oder sie reimt sich nur irgendwas zusammen!«

»Janine hat mir Wiebkes Nummer gegeben. Wir haben beide schon versucht, sie zu erreichen. Aber sie geht nicht ran!«

»Bei dem Mistwetter wird sie längst wieder zu Hause sitzen! Außerdem hast du es gerade bei mir erlebt, dass ich mein Handy einfach im Auto hab liegen lassen.« Jo lieferte eine plausible Antwort, von der er hoffte, sie würde Constanze beruhigen. »Und denk auch mal an Bremen, da war ihr Akku so gut wie platt, obwohl klar war, dass wir die Handys brauchen würden. Jedenfalls bedeutet das nicht automatisch, dass was passiert ist, wenn einer nicht ans Telefon geht.«

»Janine hat auch bei Wiebkes Mutter angerufen. Zu Hause ist sie nicht!« So schnell ließen sich Constanzes Bedenken nicht entkräften. »Wir kriegen aber Bescheid, sobald sie dort eintreffen sollte.«

Jo hielt es für unwahrscheinlich, dass Wiebke mit ihrer Fahndung am Großen Meer Erfolg haben würde. Wenn man von einer zehnwöchigen Hauptsaison ausging und weiter annahm, dass die durchschnittliche Verweildauer der Urlauber dort eher im Bereich von ein bis zwei als von drei oder mehr Wochen lag, dann konnte man sich bei einigen hundert Unterkünften direkt am See und drum herum ein ungefähres Bild von der Größe des zu durchsuchenden Heuhaufens machen. Vorausgesetzt, Okkas Mörder war ein Urlaubsgast am Großen Meer gewesen, so konnte man auch nicht ausschließen, dass dies vor zwei Jahren ein einmaliger Aufenthalt gewesen war. Wer würde sich daran erinnern können? Aber selbst ein langjähriger Stammgast konnte seinen Urlaub regelmäßig zurückgezogen verdösen, wenn er nicht gerade junge Frauen umbrachte, und anderen Gästen kaum mal wirklich auffallen.

Nichtsdestotrotz entsprach Wiebkes eigensinnige Aktion ziemlich genau dem Plan, den auch Sven und er für das Wochenende vorgesehen hatten. Zwei volle Nachmittage hatten sie dafür eingeplant, zu zweit, außerdem ein Wetter, bei dem man vor Ort auch Urlauber antreffen würde.

Constanze unterbrach seine Überlegungen. »Jo, fährst du hin und schaust, ob du sie finden kannst? Ich hab so ein ungutes Gefühl. Und vielleicht nimmst du Sven auch mit?«

»Sven muss gleich noch arbeiten. Wir hatten uns beide schon den Vormittag frei genommen. Aber was ist mit dir?«

»Ohne Aushilfe kann ich hier doch nicht weg. Und die liegt ja angeblich flach. Am Freitagnachmittag den Laden zumachen, das geht echt nicht. Selbst bei dem Sturm nicht.«

Waultmann hatte den Überraschungseffekt auf seiner Seite.

Er schaute kurz rüber zu den beiden Alten am Ende des Restaurants, deren lethargische Nahrungsaufnahme in einem Nickerchen direkt am Tisch zu münden schien. Dann schoss seine Hand hervor und legte sich fest über ihren Mund. Trotz einer unguten Vorahnung war Wiebke überrumpelt. Es gelang ihr nicht, Waultmann noch in die Hand zu beißen. Sein Griff war von Anfang an zu entschlossen. In einer fließenden Bewegung sprang er um sie herum, umschlang ihren Oberkörper mit dem anderen Arm und verhinderte so, dass sie um sich schlug. Er riss sie von ihrem Barhocker herunter und hin zur Tür. Dort presste Waultmann sie gegen die Wand, zog die Tür auf und stieß sie voraus. Dann standen sie draußen, allein im Regen bei Windstärke sieben bis acht. Sein Faustschlag traf Wiebke hart in den Unterbauch. Sie sackte mit unerträglichen Schmerzen zusammen und schnappte am Boden wie ein sterbender Fisch um Luft. Waultmann zog sie die etwa fünfzehn Meter durch eine tiefe Pfütze bis zum Mercedes. Die große Heckklappe öffnete sich wie von Zauberhand und sie flog in den Wagen. In ihrer Todesangst mobilisierte Wiebke alle Reserven, kratzte und schrie, versuchte noch, sich an Waultmann vorbeizudrängen, nur raus aus dem Auto, das ihr als der Höllenschlund erschien. Aber ein weiterer harter Faustschlag, diesmal mitten ins Gesicht, brach ihren letzten Widerstand.

Waultmann ging zurück ins Restaurant, legte an seinem Platz fünfundzwanzig Euro unter die Pfanne, winkte den beiden Senioren mit einer einzelnen freundlichen Handbewegung zu und ging. Diesmal endgültig.

Als Jo hinter dem Göttberg in sein Auto stieg, war es kurz nach eins. Er warf das durchnässte Jackett auf die Rückbank, startete den Motor, drehte die Wagenheizung leicht auf und das Gebläse auf die höchste Stufe. Normalerweise hätte er bis zum Großen Meer eine gute halbe Stunde gebraucht. Bei dem Sturm rechnete er mit wenigstens fünfundvierzig Minuten. Laut Janines Auskunft musste er nach einem rostigen Fiesta mit einer Vielzahl von Stickern auf dem Heck Ausschau halten. Das Kennzeichen von Wiebkes Wagen hatte sie leider nicht gewusst.

Er war erst kurz auf der A31 unterwegs und passierte die Gemeinde Moormerland, als sein Handy auf dem Beifahrersitz klingelte. Er nahm sich vor, den »Little-Apple«-Klingelton an diesem Wochenende endlich zu ersetzen. Auf dem Display erkannte Jo, dass die Anruferin Constanze war. Die Scheibenwischer verrichteten Schwerstarbeit gegen das Trommelfeuer der Regentropfen, das in den letzten Minuten besonders heftig auf die Windschutzscheibe einschlug. Wegen der praktisch nicht vorhandenen Sicht ging er noch etwas mehr vom Gas, bevor er nach dem Telefon griff.

»Jo!« Constanzes Stimme überschlug sich. «Janine hat sich wieder bei mir gemeldet. Sie hatte eben einen seltsamen Anruf. Jemand von einem Restaurant am Großen Meer. Der Anrufer meinte, sie habe ihr Tablet dort vergessen und sie könne das jetzt noch bis halb drei, sonst aber erst am Abend wieder abholen.«

Jo überlegte. »Ich bin in einer halben Stunde da.« Er konnte sich keinen Reim auf das liegen gebliebene Tablet machen. »Du kannst Wiebke immer noch nicht erreichen?«

»Nein!« Constanze machte eine Pause. »Ich ruf jetzt die Polizei an. Ist mir egal, was du sagst.«

»Hat Janine gesagt, wie das Restaurant heißt?«

»Ja, Landhaus heißt das.«

Jo geriet mit dem Auto in eine tiefe Spurrille, der Wagen wurde abgebremst und begann stark zu schlingern, so dass er gegensteuern musste.

»Ich werde gegen zwei am Großen Meer sein. Ich geh dann als Erstes zum Restaurant. Danach melde ich mich wieder.«

»Da kommt 'n Schwung Kunden rein, ich muss auflegen. Pass auf dich auf!«

Auf Leben und Tod

Jo war die schlecht ausgeschilderte Strecke zum Großen Meer vor Jahren einige Male mit dem Motorrad gefahren. Obwohl er mit der alten CB400 Twin seines Vaters nur bei Ausflugswetter unterwegs gewesen war, hatte er auch jetzt im Starkregen keine Schwierigkeiten, den Weg zu finden. Die Strecke führte ihn zunächst auf der Autobahn bis fast an Emden heran. Nach der Abfahrt bei Riepe folgte er der Landstraße, die Moormerland mit der Gemeinde Ihlow verband und von dort weiter nach Aurich ging. Allerdings musste er zum Großen Meer die gut ausgebaute Straße bald wieder verlassen. Die dann folgenden ersten paar hundert Meter bis zur Überquerung des Ems-Jade-Kanals ließen sich unter den gegebenen Bedingungen immerhin noch einigermaßen sicher bewältigen. Danach aber begann der Ausritt in die Pampa. Von einer Straße, die diese Bezeichnung verdiente, konnte man die nächsten Kilometer nicht mehr sprechen. Vielmehr handelte es sich um einen schmalen, ehemals bäuerlichen Wirtschaftsweg mit an beiden Seiten angeflickten, aber von der Straße längst wieder abgerissenen halbmeterbreiten Ausweichflächen. Rutschte man von der kümmerlichen Fahrbahn auf die meist eine Handbreit tiefer liegenden Seitenstreifen ab, so musste man die nächste Stelle mit geringerem Höhenversatz abpassen, um reaktionsschnell unbeschadet zurück auf die Straße zu lenken. Das war bei gutem Wetter bereits eine kniffelige Angelegenheit. Hinzu kam, dass dieser Streckenabschnitt die unschöne Eigenart besaß, den Fahrer ohne jeden erkennbaren Grund mit sporadischen und nahezu rechtwinkligen Abbiegungen zu erfreuen. Da die Gegend völlig unbewohnt und rechts und links der Straße hinter Gräben nur Schilf und Wiesen waren, kamen jede dieser Abbiegungen äußerst überraschend. Erst die letzten Kilometer bis zum Großen Meer waren dann, wohl dem touristischen Zuspruch wegen, den das Gebiet seit Jahren erlebte, in einem wieder deutlich besseren Zustand.

Die hochsommerlichen Temperaturen der letzten Tage waren inzwischen Geschichte. Als Jo um kurz vor zwei an der Haupteinfahrt zum Großen Meer eintraf, hatte er unterwegs den Heizungsregler im Wagen zweimal höher gedreht. Er konnte sich an zwei Gastronomiebetriebe erinnern, einer vorn am Parkplatz, der andere unten am Wasser und nur zu Fuß zu erreichen. Er senkte, um besser sehen zu können, die Scheibe der Fahrertür einige Zentimeter ab. Zielsicher trafen sofort dicke Regentropfen durch den schmalen Spalt ins Wageninnere. Das Landhaus Großes Meer war der Betrieb oben am Parkplatz. Jo lenkte den Mazda auf den Fußweg und bis drei Meter vor die Tür.

Das Lokal war leer. Ein Kellner zählte Flaschen und trug seine Ergebnisse in eine Liste ein.

»Moin! Hier soll ein Tabletcomputer liegen geblieben sein.«

Der Mann hinterm Tresen musterte Jo misstrauisch. »Darf ich höflich fragen, wer sie sind?«

»Entschuldigung, Jo Buskohl! Meine Verlobte hat mich gebeten, das Tablet hier in ihrem Lokal abzuholen.

Ihre kleine Schwester ist heute Mittag hier gewesen und hat es wohl vergessen.«

»Wie ist denn bitte der Name der jungen Dame?«

Jo stutzte kurz. »Wiebke«, antwortete er. Er zögerte nochmal und ergänzte dann einen Nachnamen, jedoch mit dem diffusen Gefühl, einen Fehler gemacht zu haben. »Wiebke Hundertmark.«

»Es tut mir ja sehr leid, aber auf der Rückseite des Geräts steht etwas anderes!«

»Janine!« Jo lächelte zufrieden darüber, schnell geschaltet zu haben. »Natürlich, sorry! Da steht Janine. Das Tablet ist ja auch nicht Wiebkes Tablet sondern ausgeliehen. Darum haben mich die Mädels bei dem Sturm ja auch hergejagt. Es gehört tatsächlich Wiebkes Freundin. Sie können Janine gern nochmal anrufen. Die Nummer muss da ja auch stehen. Sie haben schließlich vorhin schon angerufen!«

Der Kellner öffnete eine Schranktür, nahm das Tablet heraus und gab es Jo. »Nichts für ungut, aber ich wollte nur sichergehen.«

»War meine Schwägerin in spe eigentlich allein hier?«, fragte Jo und versuchte, das möglichst beiläufig klingen zu lassen.

»Möchten sie vielleicht einen Kaffee aufs Haus?«

»Oh danke, is' supernett! Aber leider hab ich's wirklich eilig«, lehnte Jo das Angebot ab und fuhr fort. »Meine Freundin kann ihre Schwester nicht erreichen. Und sie macht sich schnell Sorgen. War das Mädchen in Begleitung?«

»Sie kam allein. War klatschnass das kleine Ding.« Der Kellner schob einen Becher unter den Kaffeeautomaten und drückte ein paar Knöpfe. »Ich brauche aber noch einen! Ein hässliches Wetter! Hoffentlich ist der Sommer nun nicht vorüber.«

»Hat sie was gesagt, wo sie hin wollte bei dem Sturm?«

»Sie hat mir auf dem Tablet ein Foto gezeigt. Ein Foto von Herrn Waultmann, der da«, er zeigte zum von der Tür aus zweiten Tisch, »seinen Pannfisch gegessen hat. Die waren verabredet, denke ich. Aber komisch war es schon irgendwie. Auch ihre Begrüßung war sehr, sehr seltsam.«

Jo versteinerte innerlich. »Waultmann?«

»Markus Waultmann. Seine Frau und er sind liebe Stammgäste bei uns.«

»Und die haben hier zusammengesessen? Waultmann, seine Frau und die Schwester meiner Freundin?«

»Nein, Herr Waultmann war allein hier. Ich musste dann raus und habe unsere Außenbestuhlung sturmsicher verschnürt. Als ich wieder reinkam, waren beide weg und das Tablet lag noch auf dem Tresen.«

»Mist! Das ist gar nicht gut«, rutschte es Jo heraus, der dabei an Constanzes Vorahnung denken musste. »Wo wohnt der Herr Waultmann? Wenn ich fragen darf?«

»Fragen dürfen Sie gern, aber wissen tu ich es nicht. Herr Waultmann hat ein Ferienhaus hier am Großen Meer. Schon seit Ewigkeiten. Aber wo es sich befindet, darüber weiß ich nichts. Bei der Touristen-Information verfügen sie über einen Lageplan vom Gelände. Die werden Ihnen bestimmt weiterhelfen können.«

Jo bedankte sich.

»Ist alles in Ordnung?«, rief der Landhaus-Kellner ihm nach.

»Ich weiß nicht. Ich glaub nicht«, gab Jo zur Antwort und ließ die Tür hinter sich ins Schloss fallen.

Waultmann hatte Wiebke noch zwei weitere Male geschlagen. Er hatte ihr das Top vom Leib und die Schuhe von den Füßen gerissen und ihr die Jeans von Hüfte und Beinen gezerrt. Ihre geschwollene Nase fühlte sich wie ein Fremdkörper an. Das Blut darin war verkrustet, die Nasenatmung unmöglich geworden. Er hatte gedroht, ihr die Zähne einzuschlagen und ihr dann ein Seidentuch in den Mund gestopft. Der Knebel ließ die Atemluft nur an den Mundwinkeln noch ein und aus. Ihre Atemnot erschien ihr lebensbedrohlich. Aber Wiebke war zu schwach, um sich noch einmal aufzubäumen. Er hatte ihre Brüste gequetscht und in ihren Slip gegriffen, während er sie an Händen und Füßen mit Bändern aus alter Segelleine gefesselt hatte. In Unterwäsche lag sie auf dem Fußboden und dämmerte der Bewusstlosigkeit entgegen. Die wenigen Sinneswahrnehmungen und Gedanken schwammen verloren wie in einem weiten über die Ufer getretenen Strom durch ihren Kopf. Zusammenhangloses Treibgut, sinnlose Inspirationen, aber dann auch der Gedanke, ihrer Schwester Okka hier noch einmal nah sein zu können.

Waultmann hatte den Couchtisch beiseite gerückt und sich dicht vor Wiebke auf den Teppichboden gelegt. Er blickte ihr ausdauernd ins Gesicht, und weil sie wusste, dass er das tat, hielt sie ihre Augen fest geschlossen. Regungslos dachte er eine Zeit lang nach. Zuvor hatte er abrupt von ihr abgelassen, als das angstverzerrte Gesicht des Mädchens ihm plötzlich so vertraut gewesen war. Sein Weinen. Sein Keuchen. Das Strampeln. Es war fast wie damals gewesen.

In jenem Moment hatte Waultmann ein ätzend schmerzhaftes Déjà-vu.

Er fragte sich, war er tun sollte. Wollte er genauso stumpf wie vor zwei Jahren am Strand dies Mädchen hier vergewaltigen und umbringen? Warum? War er so blindwütig? Schließlich waren es sein Mangel an Beherrschtheit und Buchinskys wenig überlegte Entsorgung der Leiche gewesen, die sie erst in ihre Probleme gestürzt hatten. Wozu also jetzt die Eile?

Die seit Tagen aufgestaute Wut ließ schlagartig nach. Seine Stimmung verkehrte sich in Heiterkeit, als er verborgenen Fantasien das Tageslicht erlaubte und der Wunsch ihn zu beseelen begann, das Mädchen nur eine kleine Weile noch zu behalten. Statt des zwanghaften und destruktiven Impulses, der Gewalt ihren Lauf zu lassen, verspürte Waultmann nun einen ihn beschwingenden Elan. Renate war nicht da. Warum sollte er die Kleine nicht mit nach Hannover nehmen? In den Keller. Für ein paar Tage würde das gehen.

»Buchinsky«, begann Waultmann leise vor sich hinzureden und hob den Kopf aus dem Teppichflor. »Buchinsky muss sich die Fahrt über ums Mädchen kümmern.« *Dass es ruhig ist.* »Dass du unterwegs da keine Sachen machst.« Er stand auf, ging an einen Schrank und holte eine Webpelzdecke hervor. *Soll ich ihn anrufen? Und wenn er nicht da ist? Kommt er überhaupt freiwillig mit?* Er trat zu Wiebke und stieß sie mit der Fußspitze leicht an. Ihre Atmung zischte ein paar Züge lang etwas lauter, dann war es wieder wie zuvor. »Steckt ja noch Leben drin in dir«, sprach Waultmann mit tonloser Stimme und ein schiefes Lächeln huschte dabei über sein Gesicht. Er breitete die Decke vollständig über sie aus und ging dann mit ausladenden Schritten zur Haustür, nahm die wasserdichte Jagdjacke von einem der hinteren Haken, steckte seine Schlüssel ein und machte sich auf den Weg, Buchinsky zu holen, notfalls mit Gewalt.

In Schrittgeschwindigkeit, gerade so schnell, dass der Mazda nicht stehen blieb, rollte Jo vorbei an seiner in der Karte eingezeichneten Zieladresse. Waultmanns Haus.

Am Empfang der Tourist-Info hatte Santje eine Viertelstunde zuvor seiner Charmeoffensive nur kurzzeitig Widerstand leisten können. Zunächst hatte sie vehement darauf bestanden, den Computer zur Abholung durch Waultmann in der Info zu hinterlegen. Aber Jo hatte sich Santje gegenüber erfolgreich als gebeutelter Taxifahrer ausgegeben und wortreich von Berufsehre und Aussicht auf Finderlohn fabuliert. Sein Fahrgast habe sich zur Mittagszeit am Landhaus-Restaurant absetzen lassen. Dort habe er jetzt zwar den Namen des Herrn erfahren, ihn aber leider nicht mehr antreffen können. Er hatte sie angelächelt und natürlich geduzt und schließlich hatte Santje ihm nicht nur den Weg erklärt, sondern auch gleich einen Ausschnitt des Lageplans fotokopiert. Mit einem pinkfarbenen Textmarker hatte sie den Weg zu Waultmanns Haus zusätzlich nachgezeichnet. Er war schon wieder auf dem Sprung gewesen, als sich plötzlich noch Santjes Kollegin Doris eingemischt hatte, die wenige Minuten zuvor aus einem der oben gelegenen Büros hinzugekommen war. Bereits am Mittag habe sich ein junges Mädchen mit einem Tabletcomputer nach jenem Herrn erkundigt. Jo hatte sich schleunigst vom Acker gemacht, als Doris energisch geschlussfolgert hatte, etwas ginge hier doch nicht mit rechten Dingen zu.

Es galt, keine Zeit mehr zu verlieren.

Vorsichtshalber hatte Jo die Hausnummern mitgezählt. Das gesuchte Objekt war jedoch ohne Schwierigkeiten zu identifizieren gewesen. Er parkte zwei Grundstücke weiter in der Auffahrt eines Ferienhauses, das unbewohnt aussah. Der Wind hatte noch zugenommen. Er erreichte zwischenzeitlich orkanartige Geschwindigkeiten und Jo musste die Autotür beim Öffnen reflexartig festhalten, als eine verirrte Böe danach packte.

Es war früher Nachmittag, aber der Himmel wog schwer und dunkel über der Siedlung. In vielen der Ferienunterkünfte brannte das Licht. An manchen waren die Außenrollladen heruntergelassen. Draußen war niemand mehr unterwegs. Wer Hab und Gut besaß, hatte dieses längst gesichert oder es achselzuckend der Naturgewalt preisgegeben. Jo machte sich Sorgen, unverhofft Waultmann in die Arme zu laufen oder von ihm bei der Annäherung ans Haus durch ein Fenster entdeckt zu werden. Ohne Regenbekleidung, in normalen Sommerklamotten, die ihm nass und schwer auf der Haut klebten, war er für einen Sturm auffällig unpassend angezogen.

Die kleinen Häuser standen dicht an dicht. Da die Dächer an den Seiten bis auf den Boden reichten, konnte hier dennoch niemand seinem Nachbarn beim Essen auf den Teller schauen. Weiter oben in den Dächern waren die üblichen Veluxfenster eingelassen. Aus einem solchen in den Himmel gerichteten Schwingfenster heraus würde Waultmann ihn kaum entdecken können. Laut Plan standen die Häuser dieser Straßenseite auf Ufergrundstücken. Jo erwartete darum, auf der zum See gelegenen rückwärtigen Seite von Waultmanns Haus ein großflächiges Fenster, eine Terrassentür oder ein Schiebeelement vorzufinden. Wenn überhaupt würde er von hier mit geringem Risiko in das Haus einsehen können. Jo betrat das direkte Nachbargrundstück und schlich links am Gebäude vorbei. Er zwängte sich durch eine Lücke in der mannshohen Hecke und stand in Waultmanns Garten.

Regenwasser strömte fingerdick die Pfannen herab. Dachrinnen gab es nicht. Der Boden war gesättigt und konnte das nachschießende Wasser nicht mehr aufnehmen. Unter seinem Körpergewicht verwandelte sich das Grün des holprigen Rasens schrittweise in Morast. Jo wandte sich zur Uferseite und stellte schnell fest, dass der zwischen Haus und See liegende Bereich des Gartens zu klein war, um darin brauchbaren Sichtschutz zu finden. Wohl oder übel musste er also versuchen, unbemerkt um die Dachecke zu linsen. Jo ließ Vorsicht walten und konnte zunächst nur erkennen, dass im Haus Licht brannte und dass keine Vorhänge zugezogen oder Jalousien herabgelassen waren. Dann riskierte er einen zweiten und deutlich längeren Blick. Er wischte erst die Tropfen auf dem Fensterglas beiseite. Diesmal legte er zusätzlich eine Hand auf die Scheibe und schirmte das von der Seite spärlich einfallende aber trotzdem störend reflektierende Tageslicht ab. Das Innere des Hauses war hell erleuchtet. Er konnte Aktbilder an der Wand erkennen, einen Raumteiler mit Büchern darin, teuer wirkende Möbel, den zur Seite gerückten Couchtisch und auf dem Boden dann einen leblosen Körper unter einer Decke. Kleidungsstücke lagen herum. Es dauerte einen Augenblick, bis er realisierte, was er sah. Jo riss den Kopf zurück. Sein Herz hämmerte im Galopp einer Double Bassdrum.

Er musste sofort zum Auto, ans Handy und die Polizei verständigen! Er brauchte außerdem einen Gegenstand, etwas zum Zuschlagen, eine Waffe, wenn er vorn an der Tür klingeln würde! Jo rannte los zur Straße. Zurück nahm er nicht mehr den Schleichweg durch die Hecke. Er rannte die paar Meter das Haus entlang so schnell wie es der Untergrund scheinbar hergab. Er bremste seinen Lauf kaum ab, als er um die Ecke von

Waultmanns Haus musste, um von dort auf die Straße zu gelangen. Jo kam ins Rutschen, er durchpflügte ein paar Schrittlängen die Grasnarbe, verlor aber schließlich doch das Gleichgewicht, hob ab und landete rücklings im Matsch. Im selben Moment öffnete sich in kaum vier Meter Entfernung die Haustür. Waultmann kam heraus. Geistesgegenwärtig kroch Jo auf allen vieren blitzartig zurück. Waultmann hatte ihn nicht bemerkt!

Er spähte dem Mann nach, der mit großen Schritten ein kurzes Stück die Straße hinaufging, um dann auf der anderen Seite zwischen zwei Häusern zu verschwinden. Konnte außer Wiebke noch jemand Weiteres im Haus sein? Waultmanns Frau? Jo klingelte eine halbe Minute lang Sturm. Keine Reaktion. Er erinnerte sich, auf dem Grundstück des Nachbarn über einige vom Wind umgerissene Gartenwerkzeuge gestiegen zu sein. Jetzt hieß es alles oder nichts! Er schlitterte zurück zu dem Loch in der Hecke und griff sich auf der anderen Seite einen schweren Spaten. Wieder hinter Waultmanns Haus nahm er Maß und stellte sich im richtigen Abstand seitlich zur Terrassentür. Als er das blanke Stahlblatt sensenartig und mühelos durch die Scheibe trieb, wirbelten die Scherben durch den Raum. Jo griff durch den halbleeren Kunststoffrahmen und öffnete von innen die Tür. Er stürzte auf die am Boden Liegende zu. Sein Hals war trocken und das Schlucken schmerzte. Er war auf das Schlimmste gefasst und hielt die Luft an. Dann zog er behutsam die Decke zur Seite. Wiebke lebte!

Jo löste den Knebel. Nachdem er den Stoffball aus ihrem trockenen Mund gefingert hatte, saugte sie wie ein vor dem Ertrinken Geretteter die Luft tief in ihre Lunge ein. Sie kam allmählich zu sich. Die Knoten in der Segelleine an Händen und Füßen stellten kein Problem dar.

»Kannst du aufstehen?«, fragte Jo. »Wir müssen hier weg.«

Wiebkes Lippen bewegten sich mühsam, aber sie brachte keinen Ton hervor. Sie nickte dann, damit Jo wusste, dass sie ihn verstand.

Jo hob sie auf das Sofa. Sie war entsetzlich schlapp. Es war ihm klar, dass Wiebke den Weg zum Auto ohne Hilfe nicht schaffen würde. Er stülpte ihr mühsam und zeitraubend das auf dem Tisch liegende Shirt über und zog sie dann von der Couch auf die Füße. Sie wankte, aber sie stand.

Er nahm ihre Jeans vom Boden auf und band sie Wiebke mit den Hosenbeinen um die Hüfte. Dann schlang er ihren linken Arm um seinen Hals und umfasste mit seinem rechten Arm ihre Hüfte. Im Schneckentempo setzten sie sich in Bewegung. Wiebke hatte keine Schuhe an, darum stocherte Jo mit einem Fuß voraus auf dem Boden herum und schob die größeren Scherben aus dem Weg. Als draußen der Regen in ihre Gesichter prasselte, krächzte sie leise vor sich hin, aber Jo konnte keines ihrer Worte verstehen. Mühsam steigerten sie das Tempo. Als sie vor dem Haus festen Boden unter den Füßen hatten, beugte Jo sich dennoch herab, griff unter Wiebkes Knie, hob sie auf seine Arme und trug sie den Rest des Weges bis zum Auto.

Mit Buchinsky im Schlepptau war Markus Waultmann bereits wieder unterwegs zu seinem Haus. Er dachte abwechselnd über seine wertvolle Beute nach, die er dort für sich bereitliegend wähnte, und darüber, wieweit er Buchinsky noch trauen konnte. Er war ungehalten über dessen auffällig langsamen Gang und hatte Bedenken, sein widerwilliger Helfer könne im Sturm das Weite suchen, sobald der Abstand zwischen den beiden Männern die Gelegenheit dazu bot. Waultmann schwante, dass Buchinsky ihm über das Video vom Schweinchenstrand nicht die Wahrheit gesagt hatte. Doch noch waren ihm die Zusammenhänge nicht klar. Er dachte an das Tablet des Mädchens, auf dem sein Foto war. Dabei fiel ihm ein, dass der Computer noch im Restaurant war. Sie würden dort kurz anhalten müssen.

Waultmann trieb Buchinsky an. »Mach schneller, du Arschloch!«

Sein Begleiter zog immer schwerfälliger ein Bein nach. *Erbärmlicher Simulant*, dachte Waultmann und unterstellte in Gedanken, Buchinsky wolle lediglich Zeit gewinnen.

Wiebke war erfolgreich auf den Beifahrersitz verfrachtet, angeschnallt und machte wenn auch nur geringfügig, inzwischen doch einen etwas besseren Eindruck.

Jo hatte die Hände schon am Lenkrad, presste dann aber den Kopf zurück gegen die Stütze, schloss die Augen und holte einige Male tief Luft. Er musste ein paar Sekunden lang auftanken. Sein Herz raste noch immer. Kurz hatte er dort draußen am Fenster geglaubt, er sei zu spät und Waultmann habe Wiebke getötet. Das entsetzliche Gefühl jenes Moments hatte eine Beklemmung hinterlassen, die er jetzt nicht ohne Weiteres abstreifen konnte.

Er setzte den Wagen in Bewegung. Es tat gut, wieder im Auto zu sein, denn es verlieh ihnen Sicherheit. Jo überlegte, zur Tourist-Info zu fahren und dort auf die Polizei zu warten. Doch sprach dagegen, dass er nicht mit dem Wagen bis vor die Tür des Gebäudes fahren konnte und nochmal ein gemeinsamer Fußmarsch zu bewältigen sein würde. Außerdem erschien es denkbar, erst recht angesichts des Wetters, dass Santje und Kollegen mittlerweile ins Wochenende verschwunden waren. Das Restaurant, das wusste er sicher, war den Nachmittag über dicht. Jo entschied darum, mindestens zurück nach Riepe zu fahren. Oder noch besser, nicht eher wieder zu stoppen, bevor sie nicht Leer erreicht hatten. Von unterwegs aus würde er die Polizei informieren und sich notfalls nach deren Vorgaben richten. Wichtig war zunächst aber, dass Wiebke schnell ins Krankenhaus kam. Er blickte zu ihr rüber. Sie sah ziemlich lädiert aus.

Jo ließ die Feriensiedlung hinter sich. Er fuhr vorbei am wie ausgestorben daliegenden Eingang zum Großen Meer. An den zerfransten Flaggen riss der Wind. Er fuhr vorbei an den Tagesparkplätzen, vorbei an der mit Zaunwinden überwucherten Sichtschutzwand, hinter der die Camper in ihren Plastikunterkünften darauf hofften, dass der Sturm weiterzog, und vorbei an dem unscheinbaren Nebeneingang zum See, den der Leichenwagen hinaufgerollt war, als man Okkas Überreste vor sechs Wochen hier abgeholt hatte.

Das Große Meer lag hinter ihnen.

»Wie geht's dir jetzt?«

Wiebke versuchte gequält ein Lächeln, begann dann aber, leise vor sich hin zu weinen.

»Ich bring dich ins Krankenhaus. Die checken dich durch für 'nen Bericht und dann kannst du sicher am Abend noch nach Hause«, sagte Jo, um das Mädchen zu beruhigen. »Du schläfst einfach mal das Wochenende durch. Und am Montag sieht die Welt schon wieder anders aus.«

Der Regen hatte etwas nachgelassen. Er steuerte sie auf einer kurvenreichen Allee durch Forlitz-Blaukirchen. Die Straße durch den Ort war überdeckt mit Laub und Zweigen, ein dicker Teppich aus Biomasse, den Bäumen vom Unwetter unerbittlich ausgerupft.

»Willst du jemanden anrufen?«

Wiebke schüttelte den Kopf.

»Okay, ich werd jetzt den Notruf wählen, damit die losfahren und das Schwein verhaften.«

»Das wär gut«, antwortete Wiebke leise mit heiserer Stimme.

Jo lächelte. Er merkte, dass er mit jedem Kilometer, den sie hinter sich brachten, euphorischer wurde. Er hätte wild drauflosquasseln mögen, aber das konnte er Wiebke nicht zumuten. Seine Anspannung fiel von ihm ab. In seinen Blutbahnen schwammen nun Glückshormone fröhlich mit im Fluss. Das schwere große Fahrzeug, das sich mit hoher Geschwindigkeit von hinten näherte und das Bild im Rückspiegel zunehmend ausfüllte, entging Jo darum völlig.

Jo nahm sein Handy aus der Ablage, öffnete das Menü zum Telefonieren und tippte die 110. Eine nüchterne Frauenstimme meldete sich. Bevor er seinen Namen sagen konnte, krachte der Wagen hinter ihnen in den Mazda. Ihre Köpfe flogen zurück und vor. Wiebkes Schrei drang Jo durch Mark und Bein. Er ließ das Handy fallen, um den aus der Spur geratenen, heftig schlingernden Wagen aufzufangen. Dann trat er aufs Gas.

Ihr Verfolger hatte nach dem Aufprall nur kurzzeitig abreißen lassen und inzwischen wieder aufgeholt. Die beiden Autos rasten Stoßstange an Stoßstange durch die karge Landschaft. Jo wusste, dass ihr Weg am Ende wie am Lineal gezogen auf den niedrigen Deich des Ems-Jade-Kanals zuführte. Dort würde die nahezu rechtwinklige Abbiegung der Straße auf sie warten. Spätestens hier würde er bremsen müssen, um den Mazda nicht in den Deich zu bohren oder darüber hinwegzuschießen. Es verblieben wenige hundert Meter, um die Optionen zu prüfen. Sollte er auf freier Strecke den Wagen anhalten, so einen Unfall vermeiden und stattdessen versuchen, den Angreifer im Kampf zu überwältigen? Sollte er am Ende der Straße bei vollem Tempo um die Ecke lenken, in der Hoffnung, dadurch einen Vorsprung zu gewinnen? Bis zum Ortsrand von Riepe mochten es nur noch zwei Kilometer sein. Rasant lief Jos Bedenkzeit ab. Er entschied sich für das am ehesten kalkulierbare Risiko, auch wenn das zweifellos nicht ohne eine weitere Kollision der Fahrzeuge abgehen würde.

Kurz bevor sie die fatale Biegung nach links erreichten, bremste Jo den Mazda massiv ab, riss das Lenkrad herum, schaltete herunter und presste den Fuß schon wieder aufs Gaspedal. Der Mercedes aber schoss mit der ungebremsten Wucht eines Panzerfahrzeugs heran und traf sie links am Heck.

Das Resultat war verheerend. Eine Kettenreaktion war in Gang gesetzt, die Jo und Wiebke keine Chance ließ. Er verlor die Kontrolle über den Wagen, der von der Straße abkam, sich überschlug, dann wie über Bande gespielt vom Deich zurück auf die Fahrbahn geworfen wurde. Instinktiv bremste Jo jetzt, obwohl der Wagen sich in der Luft befand. Sie landeten schließlich, die Beifahrerseite nach unten, im Straßengraben dem Deich gegenüber. Es sickerte etwas Wasser ein, aber das war nicht weiter bedrohlich. Jo konnte nicht verhindern, dass er aus seinem Anschnallgurt glitt und mit einem Teil seines Gewichts nun auf Wiebke lastete, die aber ohnehin keinen Mucks mehr tat, da sie die Besinnung verloren hatte. Er hatte Schmerzen an seiner rechten Hand, deren Aussehen ihn erstaunte. Seltsam distanziert fiel Jo dabei der Spruch eines Rettungssanitäters ein, den er mal aufgeschnappt hatte. »Original ist das nicht«. Ringfinger und kleiner Finger zeigten steil abgespreizt in eine in der Tat gewöhnungsbedürftig falsche Richtung.

Während Waultmann den Mercedes geradezu vergnügt rechts ranfuhr, machte Buchinsky an seiner Seite einen äußerst apathischen Eindruck.

Man sah ihm nichts an. Aber Buchinsky war heilfroh, dass nicht sie mit ihrem Wagen den gerade miterlebten Abflug vollbracht hatten. Wenn Markus Waultmann in den letzten Jahren ausgerastet war, hatte das am Ende stets in eine Katastrophe gemündet. Und wenn er das Pech gehabt hatte, irgendwie beteiligt zu sein, war es immer auch für ihn der nächste Schritt auf den Abgrund zu gewesen. Waultmann hatte während der Verfolgungsjagd wie von Sinnen gebrüllt und Verwünschungen ausgestoßen. Sprunghaft wechselnd hatte er mal angekündigt, die beiden im Auto voraus, dann wieder Renate oder auch ihn, Buchinsky, umzubringen. Markus Waultmann befand sich im freien Fall, ein Kandidat für den dunkelsten Keller der geschlossenen Abteilung.

Buchinsky dachte in diesem Moment aber auch an Renate, die ihn am Mittag angerufen und darum gebeten hatte, er möge ihr ein paar Sachen kaufen und gegen Abend ins Krankenhaus kommen.

Der Mazda lugte etwa einen halben Meter aus dem Graben hervor. Waultmann wollte es noch einmal im Guten versuchen. Er kletterte auf das Wrack und zerrte und riss einige Minuten am Griff der Fahrertür. Nachdem sich die Tür trotz seiner Anstrengungen nur einen mickrigen Spalt weit öffnen ließ, trat er fluchend mit dem Schuhabsatz das Fenster ein. Er sprang zurück auf das vom Unfallwagen durchpflügte Grün des Straßenrands, lehnte sich über Jos Auto und steckte seinen Kopf tief durch die weite Öffnung in der zerborstenen Scheibe.

»Komm raus, Mädchen! Wir müssen weiter.«

Jo stierte sprachlos von unten herauf in das zu einer grauenvollen Grimasse verzerrte Gesicht des Mannes, den er des Mordes hatte überführen und der Polizei ausliefern wollen. Wiebke kam mit einem Schnaufen wieder zu sich.

»Komm raus, Mädchen!«, wiederholte Waultmann noch zweimal, zunächst abermals barsch, dann geflüstert, leise und melodisch.

Waultmann zögerte kurz, hob dann den Kopf und schrie in den Wind. »Die Schweine sind hinüber! Sind tot! Nur noch Matsch über!«

Er steckte den Kopf erneut zu ihnen in das Auto hinein. Jo spürte Waultmanns Atem. Alles in Waultmanns Gesicht war weit aufgerissen. Die böse funkelnden Augen, die Nasenlöcher, durch die er schnaubte, und sein Maul, aus dem Speichel auf Jo heruntertropfte.

»Benzin!«, wisperte Waultmann. »Mit Benzin löst man so einen Fall.«

Dann verschwand er vom Fenster.

Buchinsky saß noch immer grübelnd im Wagen, als Waultmann nach etwa zehn Minuten zurückkam.

»Benzin! Den Benzinkanister!«, jauchzte Waultmann, ging um das Auto herum und öffnete die Heckklappe. Er suchte zunächst erfolglos zwischen verschiedenen Kartons und einigen verstreuten Tüten nach dem Kanister mit dem Rasenmähersprit. Dann fiel sein Augenmerk auf eine vollgestopfte Plastikklappbox. Er begann deren Inhalt zu durchwühlen.

»Ja sehr schön! Das wird auch gehen. Ist vielleicht sogar besser!«, hörte Buchinsky Waultmann mit sich selber reden. Waultmann kam wieder nach vorn an die Fahrertür, die trotz des Regens die ganze Zeit offen stand. »Ich fackle die ab!«, grinste er und hielt Buchinsky das Etikett einer Grillanzünderflasche vors Gesicht.

Jos Hoffnung, Waultmann würde doch davonfahren und sie ihrem Schicksal überlassen, sollte nicht lange währen.

In der Zwischenzeit hatte Wiebke das Handy entdeckt, das neben ihrem Knie im Wasser lag. Sie kam mit den Fingerspitzen heran, griff danach und reichte es Jo. Das Display zierte ein Loch, von dem unzählige Risse wie die feinen Fäden eines Spinnennetzes in alle Richtungen verliefen. Das Telefon konnten sie vergessen. Jo versuchte dann, in eine komfortablere Lage zu gelangen. Er verlagerte sein Gewicht und rutschte behutsam herum. Einerseits fürchtete er, Wiebke auf Dauer unter sich zu erdrücken, andererseits wollte er möglichst rasch eine Ausgangsposition erreichen, die es ihm ermöglichen würde, das Auto selbstständig zu verlassen, mit nur einer verfügbaren Hand kein leichtes Unterfangen. Noch aber hing er mit dem rechten Schuh an einem der Pedale fest, als Waultmann schon wieder zurück und über ihnen am Fenster war.

»Wollen mal sehen, wie gut ihr brennt!«

Waultmann schraubte umständlich den Verschluss von einer Flasche und warf die Kappe knapp an Jos Gesicht vorbei.

»Die Polizei ist doch längst unterwegs!«, rief Jo ihm entgegen. »Die werden jeden Augenblick hier sein!«

»Freundchen, das glaubst nur du«, höhnte Waultmann und begann mit kreisenden Bewegungen den Inhalt der Flasche über Jo und Wiebke in den Wagen zu gießen. Den Petroleumgeruch erkannte Jo sofort. Er presste die Lippen fest zusammen, bekam aber einige Spütter in Nase und Augen. So gut es ging, versuchte er, Wiebke mit breitem Oberkörper vor der Flüssigkeit abzuschirmen.

»Statt bei diesem Wetter im warmen Bett zu liegen und zu ficken, fährt der blöde Kerl sich und sein kleines Mädchen hier draußen tot.« Waultmann triumphierte. »Was für ein Idiot bist du eigentlich?«

»Das ist doch Wahnsinn!«, schrie Jo. »Absoluter Wahnsinn!«

Der Strahl aus der Flasche wurde bereits dünner. Sie musste fast leer sein.

»Aufhören!« Jo riss panisch mit aller Kraft an seinem verhakten Bein und endlich löste sich der Schuh von seinem Fuß. Er schrie nach Leibeskräften um Hilfe und kämpfte wild entschlossen gegen die Enge, die Schwerkraft und den Schmerz. Aber es gelang ihm in seiner Verzweiflung nicht, sich noch weiter zu drehen. Er versuchte schließlich über Kopf nach Waultmann zu greifen, aber vor jedem dieser Versuche konnte der mühelos und lachend zurückweichen.

Dann plötzlich - ein einziges dumpfes Schlaggeräusch und Waultmann war fort. Jo sah durch die unverstellte Fensteröffnung hinauf in den dunklen Himmel. Der Regen trommelte lautstark auf dem dünnen Blech des Wagens und vereinzelt fanden Tropfen den Weg nicht nur ins Innere, sondern trafen direkt in sein Gesicht.

Buchinsky gefror das Blut in den Adern, als die verzweifelten Hilferufe aus dem Unglücksauto zu ihm herüberdrangen. Die Schreie wurden zunehmend schriller, fremdartig entstellte Artikulationen, die das finale Gefühl von Todesangst transportierten und ihn mit brachialer Macht durchfuhren.

Er stieg zögerlich aus dem Mercedes. Er hatte keinen klaren Gedanken fassen können. All das Erinnern, das Spekulieren und Drehen und Wenden der Dinge hatte in den letzten Minuten zu nichts geführt. Er lief die paar Schritte am Wagen auf und ab, blickte in die noch geöffnete Heckklappe und schlagartig wusste Buchinsky, wonach er suchte.

In einem Karton fand er drei bereits geleerte und zwei noch verschlossene Weinflaschen. Jetzt zögerte er nicht mehr. Er nahm eine der schwereren vollen Flaschen an sich und überquerte hinkend die Straße. Es war eine Literpfandflasche von einem Pfälzer Weingut. In seiner Vorstellungskraft ein geeignetes Tötungsinstrument.

Markus Waultmann stand tief über das im Graben liegende Autowrack gebückt und merkte darum nicht, dass jemand hinter ihm stand. Als er seinen Kopf aus dem Wagen zog, um sich aufzurichten, schlug Buchinsky, den Flaschenhals mit beiden Händen fest umklammert, zu. Anders als in den Wildwestfilmen seiner Kindheit zerbrach die Flasche nicht. Waultmanns Kopf dagegen platzte auf und ein roter Fächerstrahl überzog Kotflügel und Fahrertür. Es hätte eine knifflige Herausforderung sein können, anhand des Musters der Blutspritzer, vielleicht unter Einbeziehung von Windrichtung und Stärke, Buchinskys Standort und Schlagrichtung zu ermitteln, aber der Regen begann sofort, die hässlichen Spuren von dem Auto abzuwaschen.

Buchinsky verhielt sich mucksmäuschenstill. Trotz des prasselnden Regens konnte er aus dem Mazda leise Geräusche hören. Er zeigte keine Anzeichen einer Panik, sondern war im Gegenteil sehr gefasst. Dennoch hatte er diese Angst und sie nahm sogar zu. Die Idee quälte ihn, es könnten einige Minuten vergehen und der Teufel Waultmann würde wieder auferstehen und wütender sein, als er es jemals zuvor gewesen war. Darum entschied Buchinsky, auf Nummer sicher zu gehen. Er zerschlug die Flasche, an der Haare klebten und die er noch fest in einer Hand hielt, auf dem Asphalt. Der Wein floss von der regennassen Straße ins Gras. Mit dem abgebrochenen Flaschenhals stieß er dem am Wagen lehnenden Mann mehrfach in die Kehle. Nein, einen Puls hatte Waultmann da schon nicht mehr.

Buchinsky ging nochmal an den Kofferraum des Mercedes. Er drehte den Karton mit den verbliebenen Weinflaschen vorsichtig über Kopf, so dass die Flaschen herausglitten, und nahm ihn mit zu Waultmanns Leiche. Penibel sammelte er alle größeren Scherben ein. Weit und breit kein Haus und keine Menschenseele. Vielleicht hatte er Glück? Wer nichts wagt, kommt nicht davon. Buchinsky nahm den Karton in beide Hände und verschwand im Schilfgürtel hinterm Deich des Ems-Jade-Kanals.

Get well soon

Die Seeschleuse, die Leer seit 1903 unabhängig vom Rhythmus des Gezeitenwechsels mit der maritimen Außenwelt verbinden sollte, verhielt sich seit einigen Jahren immer öfter wie der sprichwörtliche störrische Esel. In den nächsten vierzehn Tagen kam aufgrund einer Notreparatur, die keinen Aufschub duldete, überhaupt niemand mehr rein oder raus. Der Hafen war zum kümmerlichen Tretbootrevier degradiert und das jährliche Treffen der Tourenskipper seit vorgestern ein Stück emsaufwärts in die Stadt Weener verlegt. Es war eine Katastrophe!

Hundertmark gab sich Mühe, seine innere Unruhe zu verbergen. Constanze und er trafen sich neuerdings jeden Donnerstag im Göttberg-Café zum gemeinsamen Frühstück. Heute aber passte es wirklich schlecht. Hundertmark musste umdisponieren. Ein Leeraner Bierfest sollte her!

Ihre Unterhaltung stockte.

»Wer sind Susan und Derrick?«, fragte Hundertmark, dem es nicht gelungen war, dem Bericht seiner Tochter bis zuletzt zu folgen. Er hatte dagegen angekämpft, aber seine Gedanken sprangen unentrinnbar immer wieder zurück zu der binnen weniger Tage auf die Beine zu stellenden Ersatzveranstaltung.

»Oh Mann! Verarschst du mich jetzt?«, fuhr ihn Constanze darum höchst verärgert an.

Hundertmark hatte den heißen Kaffee in Windeseile hinuntergestürzt, seitdem mehrfach auf die Uhr geschaut und wippte von einer Gesäßhälfte auf die andere. Etwas zu essen hatte er sich erst gar nicht bestellt.

»Susan Tedeschi und Derek Trucks. Tedeschi Trucks Band!« Sie sah ihren Vater böse an. »Die Rockband aus Amerika, mit der Jo diese Woche hätte auftreten sollen!«

Am Tag seiner OP hatte Jo Blueskohl eine E-Mail von Susan und Derek bekommen. Ein Musikerkollege, der abseits der Bühne als Privatdetektiv wortwörtlich seine Knochen riskierte, war den beiden allem Anschein nach noch nicht untergekommen. Sie fragten interessiert, ob Jo den Mörder hatte fassen können. Der Mail war ein Video beigefügt. Die Aufnahme wackelte und war scheinbar nachmittags während eines Soundchecks entstanden. Die Bandmitglieder hatten sich vor die beiden Schlagzeuge gestellt, riefen im Chor ›Hey Jo! Get well soon!‹ und winkten in die Kamera.

Jo hatte das Krankenhaus nach einer Woche verlassen dürfen. An Gitarre spielen war mit den gebrochenen Fingern vorerst nicht zu denken. Obwohl die Ärzte ihm das Gegenteil versprochen hatten, sorgte er sich, dass seine Hand nicht wieder hundert Prozent in Ordnung käme.

Das offensichtliche Desinteresse ihres Vaters am dramatischen Ausgang von Jos erstem richtigen Fall fand Constanze in diesem Moment umso mehr zum Aus-der-Haut-Fahren.

»In der OZ steht, du willst eine Bierkönigin wählen und von oben am Göttberg herunterlaufen lassen? Ernsthaft, so ein Scheiß?«

Hundertmark war froh über den unerwarteten Themenwechsel. »Das funktioniert wie beim Fallschirm-Tandem. Da ist immer ein Profi dabei. Todsicher die Sache«, grinste er begeistert. »Ist ein Riesendusel, dass ich die vertikale Modenschau so kurzfristig nochmal buchen konnte. Die war bislang immer der Hammer. Und fürs Bierfest schicken wir die Mädchen natürlich auch wenigstens einmal stilecht im Dirndl auf den Fassaden-Catwalk! Das ist doch was, oder?«

»Pass bloß auf«, erwiderte Constanze spitzzüngig, »dass da über den gereckten Zuschauerhälsen nichts aus den Dekolletés fällt!«

»Sehr witzig, mein verehrtes Töchterchen!« Hundertmark lachte und stand auf. »Sei mir bitte nicht böse, Conny, aber ich muss unbedingt los. Beim nächsten Mal wieder ausgiebiger. Okay? Und wenn du magst, dann komm doch am Wochenende zum Essen. Und Jonas, den bringst du natürlich mit!«

Von einer betuchten Stammkundin des Hauses, deren Mann leitender Oberarzt im Borromäus-Hospital war, hatte Hundertmark zu Wochenbeginn erfahren, dass seine Tochter den Kaufhausdetektiv die Tage im Krankenhaus sehr liebevoll betütert hatte.

Constanze ließ ihren Blick leicht verlegen durchs Café schweifen. »Ich frag ihn gleich mal. Wir sind um halb elf unten in seinem Häuschen verabredet. Kann aber sein, dass wir am Wochenende unterwegs sind.«

Hundertmark zwinkerte, aber er ging doch nicht weiter darauf ein, sondern erkundigte sich, »und wer macht heute Vormittag deinen Laden?«

»Hab ich dir das denn nicht erzählt?«, antwortete Constanze wieder freundlicher. »Ich hab Janines Mutter angestellt. Und es scheint, sie entwickelt sich für mich zu einem richtigen Glücksfall.«

Ihr Vater zog zweihundert Euro aus seinem Portemonnaie und drückte ihr die Scheine verstohlen in die Hand. »Fürs Wochenende, falls ihr wegfahrt.«

Constanze sah ihn widerwillig an, wusste aber, dass er das Geld unter keinen Umständen zurücknehmen würde.

»Nimm Jo doch Kaffee und Kuchen mit!« Hundertmark zeigte auf die Gebäcktheke. »Außerdem kannst du ihm ausrichten, dass ich dem Maler abgesagt habe. Der wär am Montag gekommen und hätte die Bude am selben Tag fertig gemacht. Aber gut, des Menschen Wille, ist sein Himmelreich.« Er zuckte mit den Schultern.

»Das verstehst du nicht, Papa. Jo braucht die Ablenkung jetzt. Der hat ganz schön was zu verdauen!«

»Kann er denn mit seiner Hand arbeiten?«

»Das wird schon gehen. Er fährt auch schon wieder Auto. Außerdem helfen wir ja. Sven, Habbo und ich. So 'n bisschen tapezieren und Teppich verlegen, das kriegen wir wohl selber hin.«

Constanze zahlte zwei Stück Donauwelle auf einem Teller. Dazu überreichte ihr die Serviererin eine Isolierkanne und zwei Pappbecher. Vater und Tochter verließen das Café und tauchten ein in die Göttberg-Modewelt, wo sich ihre Wege trennten, Hundertmark in sein Büro eilte und Constanze nach unten dem Ausgang entgegen.

Jo saß auf dem staubigen Spanplattenboden und schraubte umständlich ein Regal zusammen. Mit teils kuriosem Körpereinsatz versuchte er, die verletzte Hand dabei zu schonen. An einer Wand stapelten sich einige große Kartons, an der gegenüberliegenden standen bereits Schreibtisch und Chefsessel.

Constanze stellte Kaffee und Torte ab und sah sich um. »Also, ich kenne das ja so, dass man erst den Teppich verlegt und die Wände tapeziert. Und dann holt man die Möbel und zieht ein!«

Jo grummelte etwas und drehte die vor ihm ausgebreitete zeitungsgroße Montageanleitung zurück auf die Vorderseite.

»Kann ich helfen? Was festhalten oder so?«, fragte Constanze, setzte sich auf den Drehstuhl und rollte mit Schwung ein paar Schritte in diese und jene Richtung, bevor sie auf Jo zusteuerte und das Bürogefährt vor einigen sortierten Häufchen mit Schrauben und Dübeln ausrollen ließ. Er rappelte sich hoch auf die Knie und legte behutsam seine Hände um ihre Hüften. Als er seinen Oberkörper in der Absicht vorstreckte, sie zu küssen, drehte Constanze ihren Kopf gespielt angewidert und für ihn nicht mehr erreichbar zur Seite.

Sie verzog das Gesicht. »Himmel, hast du eine Fahne!«

Jo probierte ein entschuldigendes Lächeln, gab den Versuch aufgrund seines schlimmen Katers aber sofort wieder auf.

»Wir waren bis kurz vor drei im Probenraum«, erklärte er. »In den Kartons da, das sind T-Shirts und CDs. Haben wir anschließend noch mit 'nem Taxi hergebracht. Die stehen hier besser.« Er seufzte. »Was sollen wir jetzt bloß mit diesen Mengen anfangen? Ist da Kaffee drin?« Jo zeigte zur Thermoskanne.

Constanze nickte. Sie stand auf, schenkte die beiden Becher halb voll und setzte sich nun auf den Schreibtisch, während Jo sich in den Bürostuhl fallen ließ. Kaffee und Gebäck taten ihm sichtlich gut.

»Kannst du dich an Kommissar ›Lederjacke‹ erinnern? War zweimal bei mir im Krankenhaus. Ihr seid euch da begegnet. Der Kerl spielt doch tatsächlich ziemlich geil Gitarre!

»Dretzke? Irgendwo hab ich noch die Visitenkarte.«

»Ja, genau der. Olli! Und der hat gestern Abend mit uns Mucke gemacht.« Jo hob seine kaputte Hand. »Das heißt, ich kann ja momentan nur am Mikro.«

Constanzes Neugier war geweckt. »Und bestimmt hat Musikerkumpel Olli nebenbei auch ein paar Interna zum Fall berichten können?«

»Ja, tatsächlich und rein zufällig war das so.« Jo versuchte erneut ein Lächeln, immer noch mit nur bescheidenem Erfolg, und ließ Constanze kurz zappeln, bevor er weitersprach. »Heute Mittag nämlich ist in Aurich Pressekonferenz. Dretzke hat uns eingeladen und Sven und ich wollen hin und zuhören. Willst du auch mit?«

Jo deutete auf das zweite Stück Donauwelle und Constanze schob ihm den Teller zu. Er biss ein Stück ab und sprach mit vollem Mund weiter. »Sie fahnden noch nach Fischthaler, aber nicht mehr unter Tatverdacht, sondern nur als Zeuge. Das heißt, wenn der von sich aus nicht nach Deutschland zurückkehrt, wird das wohl im Sande verlaufen. Jan Buchinsky hat ausgesagt, dass Waultmann völlig ausgerastet ist, nachdem Okka ihn beleidigt hat. Er hat zugegeben, die beiden vor der Tat beim Sex gefilmt zu haben. Den Mord hätte er aber nicht verhindern können. Die Situation sei so explosionsartig eskaliert, dass Okka schon tot war, bevor er überhaupt kapiert hätte, was da abging. Er weist jede Schuld von sich, gibt aber auch zu, dass er von Waultmann bezahlt wurde, um die Leiche im Großen Meer zu versenken.«

»Und das Video in deiner Post hat Buchinsky geschickt und nicht Fischthaler, wie wir angenommen haben?«

»Ja, er wollte Waultmann damit ans Messer liefern. Er behauptet sogar, dass er sich der Polizei hätte stellen wollen, sobald Waultmann in Haft gewesen wäre. Das kauft ihm Dretzke aber nicht ab.«

»Und was glaubst du?«

»Buchinsky sagt, er hätte in Todesangst vor Waultmann gelebt, seitdem die Leiche aufgetaucht war. Da war richtig Druck im Kessel. Beide Männer haben sich misstrauisch beäugt. Aber ich denke auch, bei Buchinsky galt bis zuletzt das Prinzip Hoffnung. Gestellt hätte der sich, wenn überhaupt, erst wenn sich die Schlinge um seinen Hals endgültig zugezogen hätte.«

Jo nahm den letzten Happen Kuchen und schenkte Kaffee nach. »Schließlich sind wir dann am Großen Meer aufgetaucht und der Rest ist bekannt. Buchinsky hat Waultmann in Notwehr erschlagen, um Wiebke und mein Leben zu retten. Dafür erwartet er nun Pluspunkte.«

»Tja, finde ich so mittelmäßig überzeugend die Geschichte«, kommentierte Constanze und gab zu bedenken, dass auch Fischthalers Rolle noch nicht aufgeklärt war. »Wenn der in Bremen die Wahrheit gesagt hat und vom Mord nur vom Hörensagen gewusst hat, wieso ist er dann abgehauen?«

»Coastyman mag noch ganz andere Gründe gehabt haben für einen Neuanfang weit weg von Ostfriesland«, erwiderte Jo. »Die Sache ist aber sogar die, dass die Kripo erst über die Auswertung von Fischthalers Handydaten auf Buchinsky gestoßen ist und den dann am Montag festgenommen hat. Nachdem wir Fischthaler in Bremen zugesetzt haben, hat der nämlich Jan Buchinsky angerufen und vor uns gewarnt. Die kannten sich also. Buchinsky schwört allerdings, persönlich begegnet seien sie sich nie. So oder so, Coastymans Wissen war also keineswegs nur aus der Gerüchteküche, wie er uns das in Bremen hat weismachen wollen.«

»Der hat doch gesagt, es wären noch mehr Leute dabei gewesen?«

»Da wird auch weiter ermittelt. Außerdem laufen noch verschiedene DNA-Analysen.«

»Und die Sache mit dem Einbruch in Hannover?«, fragte Constanze.

»Buchinsky behauptet, er hätte das Video vom Strand auf Waultmanns Computer überspielen wollen, um den damit weiter zu belasten. Waultmann sei am Abend aber früher als erwartet nach Hause gekommen und habe dann auf ihn geschossen. Darum sein Blut in dessen Garten. Er konnte aber unerkannt entkommen.«

»Schon total verrückt das Ganze!«

Constanze rutschte von der Schreibtischplatte und setzte sich zu Jo auf den Chefsessel.

»Das kannst du wohl sagen«, stimmte Jo zu und legte seine Arme um sie.

Constanze blickte ernst. »Eigentlich wollte Janine am Wochenende Wiebke besuchen, aber die in der Klinik haben ihr am Telefon erklärt, dass sie die ersten drei Wochen niemanden empfangen darf.«

»Weiß Janine inzwischen, warum Wiebke auf ihre Mutter losgegangen ist?«

»Nee, aber dass sie nach diesen Erlebnissen durch den Wind war, das kann man doch verstehen.«

»Schon. Zum Glück ist das glimpflich abgegangen. Aber sie ist mit 'nem Messer auf ihre Mutter los! Das klingt für mich bei aller Sympathie trotzdem ziemlich behandlungsbedürftig. Und sorry, aber 'nen leichten Knall hatte Wiebke von Anfang an.«

»Lass uns mal testen, ob der Kaffee was ausgerichtet hat gegen deine Fahne«. Constanze gab Jo einen Kuss, den er nur zu gern erwiderte.

»Ich hab hier zweihundertsechzig T-Shirts der Jonas Buskohl Band, formvollendeter Schnitt, mit sattem Transferdruck. Die müssen wir jetzt alle Mann zusammen auftragen den restlichen Sommer und den nächsten Sommer und die Sommer in den Jahren danach.« Jo rollte mit Constanze auf dem Schoß zu den Kartons hinüber.

Sie küssten sich erneut.

»Hast du auch ein XL? Könnte ich als Sleepshirt nehmen.«

Zwar schmerzte der Kopf noch immer, aber jetzt gelang Jo ein ordentliches Lächeln ganz kinderleicht. »Aber klaro!«

»Morgen Abend ist in Paris das letzte Konzert von Tedeschi Trucks, bevor sie weiter nach Japan fliegen.« Constanze blickte ihm in die Augen und versuchte seine Reaktion vorherzusehen.

Jo überlegte einen Augenblick. »Meinst du das ernst?«

»Ja, warum nicht? Früh ins Bett und im Morgengrauen los.«

»So ohne Karten im Gepäck?«

»Paris soll ja auch sonst ganz schön sein!« Constanze grinste. »Jetzt im Spätsommer.«

»Stadt der Liebe und so«, verknüpfte Jo zaghaft einen neuen Gedanken.

»Genau!«, lächelte sie.